Niels Philippsen

Kaffee und Rumkugeln

Niels Philippsen

Kaffee und Rumkugeln

Bibliografische Information Der Deutschen Nationalbibliothek
Die Deutsche Nationalbibliothek verzeichnet diese Publikation in der
Deutschen Nationalbibliografie; detaillierte bibliografische Daten sind im
Internet über http://dnb.d.-nb.de abrufbar.

eMail: Niels.Philippsen@t-online.de
Herstellung und Verlag: Books on Demand GmbH, Norderstedt
ISBN: 978-3-8370-8476-4

1. Kapitel

Benno unterdrückte höflich ein Gähnen, obwohl er im Moment doch ganz allein war. Er saß am eher bescheidenen Schreibtisch im 8-Quadratmeter-Büro seines Hauses in Ginsberg, Hermannstraße 17. Draußen vor dem Haus prangte, gut ausgeleuchtet von einer mild gestimmten Maisonne, sein „Firmenschild":

Jenssen – Ermittlungen

Iris war vor einer Stunde – nach dem gemeinsamen Frühstück, das ihnen seit der etwas turbulenten Zeit im vergangenen Herbst zu einer angenehmen Gewohnheit geworden war – in Richtung Kanzlei Dr. Eisenhuth, Rechtsanwalt und Notar, davongerauscht. Sie war etwas spät dran, wie sie meinte.

Benno hatte daraufhin, wie jeden Morgen, die Küche aufgeräumt und das Schlafzimmer gelüftet. Iris würde heute erst am frühen Abend zurückkommen, es gab da wohl einen sehr wichtigen Termin in der Kanzlei wegen einer Erbschaftssache.

Erbschaftssache. So hatte alles begonnen.

Im letzten Jahr hatte Benno Tante Marthas altes Haus geerbt und war daraufhin von Hannover nach Ginsberg, „irgendwo im Hessischen", umgezogen. Bei dieser Gelegenheit – genau genommen *Erbschaftsan*gelegenheit – hatte er die Rechtsanwalts- und Notargehilfin Iris Ehlers kennen gelernt.

Im Zuge der Lösung des größten Betrugsskandals in der Geschichte der „Ginsberger Stadtsparkasse" (Bennos erstes und bisher einziges Ginsberger Ruhmesblatt) waren sie einander mehr als nur nahe gekommen, und schließlich war Iris zu ihm gezogen. Es hatte dann noch einen kleinen Umbau in Tante Marthas ehemaligem Domizil gegeben, aber seit Ende des letzten Jahres war sozusagen klar Schiff im Hause Jenssen / Ehlers.

Die Aufklärung des Betrugs in der Bank war Bennos erster Ginsberger Fall gewesen. Weitere folgten, wenn sie auch weit weniger spektakulär waren. Meistens handelte es sich dabei um Aufträge, die man im weitesten Sinne unter der Überschrift „Beweissicherung" zusammenfassen konnte. Da Benno sich einen durchaus guten Ruf als Privatdetektiv erworben hatte, wurde er von einigen Firmen angefordert, die ebenfalls – wie in der Sparkasse – Betrügereien in den eigenen Reihen vermuteten. Zur Überführung einiger Täter hatte er durchaus seinen Beitrag leisten können, in anderen Fällen konnte er die verdächtigten Personen aber auch entlasten. Es hatte zum Beispiel im bekannten Kaufhaus „Ginsberg City-Center" einfache Rechenfehler in einer Bilanz gegeben, die den misstrauischen Chef aber dazu veranlasst hatten, einen Mitarbeiter zu verdächtigen. Alles in allem waren diese Art von Ermittlungen jedoch ziemlich langweilige Routinearbeiten gewesen.

Benno unterdrückte nochmals ein Gähnen und setzte dann seine Dienstagspfeife in Betrieb. In kurzer Zeit war der kleine Büroraum in Dampfwolken eingehüllt.

Wenn jetzt wenigstens das Telefon klingeln würde.

Seit einigen Tagen hatte es keine neuen Aufträge mehr gegeben, nicht einmal eine Scheidungssache, die immerhin seine Phantasie wieder etwas beflügelt hätte. Ein paar pikante Beweisfotos hätten ihm ganz gut getan.

Wenn er es recht betrachtete, war er einerseits zwar unausgelastet, andererseits aber urlaubsreif.

Mit dem Thema Urlaub war es allerdings so eine Sache bei Iris. Benno hatte ihr immer noch nicht abgewöhnen können, sich für mehr als drei Tage von ihren etwas kränkelnden Eltern zu trennen, die auch in Ginsberg lebten, auf dem anderen Ufer, wie Iris sich auszudrücken pflegte. Mehr als ein Wochenendtrip nach Bremen, zu Bennos Schwestern Anna und Emma, war bisher nicht drin gewesen.

Diagnose: Mir fällt die Decke auf den Kopf.
Therapie: Ich muss hier mal weg.

Wenn Benno allein war und seine Phantasie mit ihm durchging, pflegte er seit einiger Zeit Konversation mit einem virtuellen Partner namens Ben Snoop, seines Zeichens Privatdetektiv in Los Angeles, zu führen. Diese Gespräche fanden aber ausschließlich in äußerst zurückgezogenen Momenten statt. Ein Beobachter hätte ihn sonst wohl für vollkommen übergeschnappt gehalten.

„Ben," begann Benno vorsichtig, „was halten Sie von der Sache?"
Er pflegte seinen Partner – wohl aus Respekt – nicht zu duzen.

Ben war, wie immer in solchen Momenten, augenblicklich aus dem Nichts aufgetaucht. Er betrachtete Benno neugierig, während er eine Lucky Strike aus der Jackentasche zog. Benno öffnete dezent das Fenster in der Dachschräge. Obwohl er selbst Pfeife rauchte, mochte er den Zigarettenrauch nicht riechen.

Ben sagte gar nichts, dabei sprach er sonst fließend deutsch, wenn man auch den amerikanischen Akzent zuweilen deutlich heraushören konnte.

Benno gab Ben mit einem Streichholz Feuer, dieser wollte sich aber immer noch nicht äußern. Er wartete offenbar auf Bennos Monolog.

Also sprach Benno: „Wissen Sie, im Moment fehlt mir einfach eine neue Herausforderung. Es muss ja keine ganz große Sache sein. Einfach ein Fall, der meine kleinen grauen Zellen wieder in Schwung bringt. Ich möchte hier ja nicht als Hausmann versauern."

Ben nickte verständnisvoll. Offensichtlich war ihm das Problem nur allzu vertraut.

„Glauben Sie mir," sagte er in nahezu einwandfreiem Deutsch, „ich weiß, wie das ist. Man jagt eine Woche lang durch die Straßen von L.A., dann ist der Fall gelöst, und man – wie sagt man – fällt in ein großes, tiefes Loch."

Benno war beinahe gerührt. Endlich verstand ihn mal jemand.

In diesem Moment klingelte sein Telefon.

Ben war verschwunden.

Benno griff zum Hörer.

„Ja, Jenssen, Ermittlungen, Überwachungen. Was kann ich für Sie tun?"

„Warum so förmlich?", erklang Dankwart Siebelts Stimme am anderen Ende der Leitung.

Obwohl er ein Kind des hochtechnisierten Zeitalters war, staunte Benno immer wieder über die simple Tatsache, dass er mit jemandem sprechen konnte, der mehr als dreihundert Kilometer entfernt von ihm an seinem Schreibtisch in der Detektei „K & S" in Hannover saß. Es klang so, als würde Dankwart nebenan sitzen.

„Ja, Dankwart, das ist mal eine Überraschung. Was gibt's?"

Benno wusste aus Erfahrung, dass sein ehemaliger Chef es vorzog, so schnell wie möglich zur Sache zu kommen.

„Also, Benno: Ich weiß ja nicht, wie beschäftigt du im Augenblick bist, aber ich könnte ein paar Tage deine Hilfe gebrauchen. Mir sind zwei Leute ausgefallen – Kuhn hat Urlaub, der ist mal wieder auf Mallorca, und Sinowsky ist auf der Trabrennbahn von einem Sulky überrollt worden, ja, dienstlich, er sollte einen Hochstapler enttarnen. Nein, nichts Schlimmes, glatter Bruch und dann noch ein paar Kleinigkeiten, aber er liegt immer noch im Klinikum Hannover-Oststadt. – Ja, mach' ich, ich grüß' ihn von dir und wünsch' ihm gute Besserung.

Also, es geht um Folgendes: Wir haben den Auftrag von der Versicherungsgesellschaft *Hannoversche Feuer- und Sach*, in einem Fall zu ermitteln: Man vermutet Versicherungsbetrug, kann aber nichts beweisen. Und die Polizei, naja, du kennst sie ja ...“

Und er berichtete Benno, dass ein relativ bekannter deutscher Rockgitarrist anlässlich eines Einbruchs den Verlust einer wertvollen Gitarre gemeldet habe. Es sollte sich um eine 1963-er *Fender Stratocaster* handeln, die angeblich einmal dem legendären Gitarristen Jimi Hendrix gehört hatte. Sie hätte noch Brandspuren von einem Konzert, bei dem Hendrix seine Gitarre angezündet hatte. Benno war das wohl bekannt, Jimi Hendrix sagte ihm schon was. Er hatte auch noch ein oder zwei CDs von ihm. Der deutsche Rockgitarrist sei als Sammler in der Szene bekannt, und sein Name wäre *Ronald Hargens*. Benno kannte dessen Gruppe namens *Spiders* noch aus seiner Hannoveraner Zeit. Die Band hatte es durchaus auch zu internationalen Erfolgen gebracht. Er glaubte sich an ein paar Berichte über Tourneen der Spiders nach Skandinavien und Kanada zu erinnern. Hatte wahrscheinlich mal so in der Wochenendbeilage der *Hannoverschen Allgemeinen* gestanden.

Nun, es gäbe da so ein Gerücht, dass Ronald Hargens in finanziellen Schwierigkeiten sei, und ausgerechnet jetzt wäre ihm seine wertvollste Gitarre bei einem Einbruch gestohlen worden. Sie war – und da hatte Benno während Dankwarts Bericht einen anerkennenden Pfiff ausgestoßen – mit 350.000 Euro versichert.

Donnerwetter, er kannte auch billigere Gitarren. Das musste ja so eine Art E-Stradivari sein.

Dankwart berichtete weiter, dass Hargens die Gitarre vor drei Jahren in London bei *Sotheby's* für etwa 70.000 Englische Pfund ersteigert hatte. Offensichtlich hatte er mit einem hohen Wertzuwachs gerechnet.

Benno fragte sich, wie hoch dann wohl die Versicherungsprämie wäre, die der gute Hargens monatlich hinzublättern hätte.

Und außerdem fragte Benno sich noch, warum Dankwart, der Meister des Kurzanrufs, heute so ausschweifend lange mit ihm telefonierte.

Die Antwort lag aber auf der Hand: Dankwart brauchte ihn dringend.

Konnte Benno da widerstehen?

Antwort: *Nein.*

„Okay, Dankwart, du hast mich geködert. Ich fahre in ein, zwei Stunden los, dann treffen wir uns in deinem Büro, einverstanden?"

Dankwart war mehr als einverstanden.

Dankwart war dankbar.

Aber was würde wohl Iris dazu sagen?

2. Kapitel

Emma Jenssen, ihres Zeichens Lehrerin für Biologie, Chemie und Hauswirtschaft an der Gesamtschule Bremen-Süd, beendete ihre große Pause damit, dass sie ihre fertig gedrehte Zigarette für die nächste Pause auf ihrem Platz im Raucherlehrerzimmer bereit legte. Zusammen mit einigen anderen Kolleginnen hatte sie auf der letzten Personalversammlung den Vorschlag eingebracht, diesen Raum doch *Raucherinnenlehrerzimmer* zu nennen.

Oder wenigstens *RaucherInnenlehrerzimmer*, mit dem berühmten Binnenmajuskel, den es laut *Duden* gar nicht gab, aber das war ja kein Wunder, denn Konrad Duden war ja wohl ein Mann gewesen. Konsequent zu Ende gedacht war dies natürlich auch nicht, denn eigentlich wäre „*RaucherInnenLehrerInnenzimmer*" das politisch ganz Korrekte gewesen. Ihr Vorschlag war aber von einer Wand eisigen Schweigens abgeschmettert worden. Dass die Männer, denen sie sowieso nicht gerade wohlgesonnen gegenüber stand, diese Meinung vertraten, hatte sie natürlich erwartet, aber dass die Mehrzahl der Frauen das auch noch mitmachte, das bewies doch nur, wie mittelalterlich diese Tussen gestrickt waren.

Emma nahm ihre Tasche und trottete hinter der aufbrechenden KollegInnenschar her. Ihr Weg zweigte jedoch bald von der Hauptherde ab und führte sie in Richtung Hauswirtschaftsraum, wo sie sich in den nächsten drei Stunden mit dem Kurs „Gesunde Ernährung" herumstreiten konnte. 23 SchülerInnen, die unter gesunder Ernährung mehrheitlich alles verstanden, was nicht auf direktem Wege sofort ins Krankenhaus führte. Dann gab es auch noch die Moslems, da durfte man nichts mit Schweinefleisch machen (Fleisch war für *Emma* durchaus erlaubt), die VegetarierInnen, da war Fleisch ohnehin tabu, und die beiden Veganerinnen, diesmal ohne großes I in der Mitte, denn es waren beides Mädchen, die schon in Ohnmacht fielen, wenn sie nur ein Ei oder ein Stück Käse von Weitem sahen. Abgesehen davon gab es noch zwei Fälle von Bulimie, was die Einkaufskosten leicht senkte, und drei AllergikerInnen. Alles in allem also hervorragende Voraussetzungen für drei fruchtbare Stunden.

Das war aber eigentlich nicht das, was Emma besonders störte. Mit den SchülerInnen kam sie gut zurecht, ihr etwas burschikoser Umgangston trug wohl einiges dazu bei. Was ihr aber immer neues Unbehagen verursachte, war ihre Kollegin Waltraut Kümpel, die den Hauswirtschaftsraum insgeheim zu ihrem Privatreich erklärt hatte und eifersüchtig darauf bedacht war, dass nach dem Besuch einer „fremden Gruppe" alles wieder an Ort und Stelle war. Emma konnte sich an hochnotpeinliche Streitereien wegen drei fehlenden Papierservietten oder falsch eingeräumten Sauciéren erinnern, und der große Skandal wegen des herausgezogenen Steckers der Tiefkühltruhe während der Herbstferien saß ihr noch immer in den Knochen. Zugegeben, Emma hatte Waltraut auch manchmal mit Absicht geärgert, beispielsweise die frischen Eier für Waltrauts Gruppe durch hartgekochte ersetzt, aber irgendwie musste man sich ja rächen. Und dann war diese Frau auch noch so hetero, wie man nur sein konnte.

Emma hatte mittlerweile die Tür zum Hauswirtschaftsraum aufgeschlossen, ihre SchülerInnen begrüßt und erste Instruktionen von sich gegeben. Sie hatte alle so eingeteilt, dass die verschiedenen Geschmackskampfrichtungen ausgewogen vertreten waren und nicht unbedingt gleich ein Küchenkrieg ausbrechen würde.

Da es heute relativ ruhig und gelassen zur Sache ging, es musste wohl am Frühlingswetter liegen, schaltete Emma das Radio an. Es gab da gewisse Spielregeln, die Senderwahl und die Lautstärke betreffend. Aus irgendeinem Grund war man aber beim Sender *FFN* hängen geblieben, der meistens eine lockere Mischung von älterer und neuerer Popmusik bot, was Emma auch durchaus willkommen war.

Munter summend wanderte sie von Gruppe zu Gruppe, hier und da einen Tipp, ein Lob oder eine Anweisung von sich gebend.

You gave me a call last night, you gave me a call, you gave me a call …

Hmm, ein ganz bekannter Song aus den Siebzigern, sie hatte ihn oft gehört, ja, der war doch damals auf der Klassenfahrt ins Weserbergland der große Hit gewesen.

You gave me a call last night, you gave me a call, you gave me a call …

Wie hieß *sie* noch?

Lena.

Lena Christiansen.

Emma ging damals mit ihrer Zwillingsschwester Anna in die Untersekunda c des Alten Gymnasiums in Wilhelmshaven, und da war kurz nach den Weihnachtsferien eine neue Schülerin in ihre Klasse gekommen. Lena Christiansen. Sie hatte ganz langes hellblondes Haar gehabt und hatte Emma irgendwie an eine Märchenfee erinnert.

Schon als sie Lena das erste Mal gesehen hatte, hatte es „Klick!" in ihrem Bauch gemacht, und von einer Sekunde auf die andere hatte sie sich total in sie verknallt, anders konnte man das gar nicht ausdrücken.

In der Klasse saß sie gewöhnlich neben ihrer Zwillingsschwester, aber insgeheim baute sie darauf, sich bei der geringsten Änderung im Sitzplan Lena weiter annähern zu können. Leider blieb es aber bei der alten Ordnung, und Emma konnte nur in den Latein- und Deutschstunden Lena aus viereinhalb Meter Entfernung von der Seite anschauen und dabei still vor sich hinschmachten. Es war nicht das erste Mal, dass sie sich in ein weibliches Wesen verliebt hatte. Genau genommen war es schon immer so gewesen. Die erste große Liebe war ihre Kindergärtnerin Ilona Möhring gewesen, von der sie sogar zu träumen pflegte, allerdings recht unspezifische Träume, soweit Emma sich erinnern konnte, in denen sie ihre Kindergärtnerin auf einem Zahnarztstuhl in Erwartung des Bohrers sitzen sah, was Emma aber ein so angenehm schmerzlich-süßliches Lustgefühl verlieh, dass sie sich das Bild immer wieder vor Augen führte.

Ja, Lena Christiansen, sie war ein eher scheues und stilles Mädchen gewesen, das nicht so leicht einzuordnen war. Vor der Klassenfahrt hatten Emma und Lena nur wenige Worte gewechselt, bei denen Emma zudem auch meist noch rot wurde, was eigentlich gar nicht ihre Art war.

Auf der Klassenfahrt hatte sie es aber so hingebogen, dass Emma und Anna zusammen mit Lena und einem Mädchen namens Hildegard Höfner in einem Vierbettzimmer der Jugendherberge in Hannoversch-Münden untergebracht wurden.

Der Zufall wollte es, dass sich bei einer Wanderung eine Gruppe abgespalten und verlaufen hatte, Anna und Hildegard hatten auch dazu gehört.

Es hatte eine regelrechte Suchaktion gegeben, aber dann hatte ihre Klassenlehrerin gemeint, das beste wäre, man würde zur Jugendherberge zurückkehren, die anderen würden dann schon irgendwann nachkommen, sie wären ja keine kleinen Kinder mehr. Beim Abendbrot hatte es dann einen Anruf aus Dransfeld gegeben, die Gruppe hätte sich total verlaufen und ein freundlicher Landwirt hätte ihnen angeboten, im Heu zu übernachten, sie würden dann am nächsten Morgen mit dem Bus nach Hannoversch-Münden fahren. Fräulein Bauer und Herr Dr. Specht, die „männliche Begleitung", waren ziemlich wütend gewesen, auf der anderen Seite aber auch erleichtert, weil sie zumindest wussten, wo ihre Eleven sich jetzt befanden. Sie waren zähneknirschend mit der Übernachtung in Dransfeld einverstanden und klärten auch ihre Klasse darüber auf. Es würde aber noch Ärger geben usw.

Man kannte das ja.

So ergab es sich, dass Emma und Lena allein in ihrem Viererzimmer nächtigten.

Als Lena dann beim gemeinsamen Duschen Emma bat, ihr den Rücken einzuseifen, gingen die Hormone endgültig mit ihr durch und sie umarmte und küsste die überraschte Lena so leidenschaftlich und offenbar auch so überzeugend, dass diese ihren anfänglichen Widerstand bald aufgab und sich durchaus geneigt zeigte, eine ganz neue Seite an sich zu entdecken.

Was ansonsten noch in dieser Nacht geschehen war, daran konnte sich Emma heute noch mit einem süßlichen Lächeln auf den Lippen erinnern.

Und im Radio unterm Kopfkissen war leise dieser Hit gelaufen:

You gave me a call last night, you gave me a call, you gave me a call …

Nach der Klassenfahrt und noch ein paar heimlichen heißen Treffen mit Lena war es dann leider zu einem ziemlichen Skandal gekommen.

Lena hatte ihrer Kusine von ihrer Liebe zu Emma berichtet, doch die hatte nichts Besseres vorgehabt, als es ihrer Mutter weiter zu erzählen, was diese wiederum dazu veranlasste, die Nachricht brühwarm an ihre Schwester, also Lenas Mutter, weiterzugeben. Da man 1972 leider noch etwas unmodern war, gab es einen zornigen Anruf bei Emmas Eltern, was diese allerdings nicht besonders schockierte.

Sie hatten schon so etwas geahnt, es lag wohl in der Familie oder so ähnlich. Schockierend für Emma war aber die Tatsache gewesen, dass Lena Christiansen von der Schule abgemeldet wurde und in ein Internat verbracht wurde.

Ausgerechnet in ein Internat!

Die hatten ja wohl gar keine Ahnung!

Lena.

Sie ging Emma einfach nicht mehr aus dem Kopf.

Seit damals hatte sie sie aber nie wieder gesehen.

You gave me a call last night, you gave me a call, you gave me a call …

Verdammt noch mal, sie kam einfach nicht darauf, von welcher Gruppe das Lied war.

Ihre SchülerInnen, diese jugendlichen IgnorantInnen, zu fragen, das konnte Emma sich wohl ersparen. Die kannten doch wohl nur Eminem und KonsortInnen oder „Deutschland sucht den Superstar / die Superstarin".

Aber ihre Schwester Anna. Anna könnte es vielleicht noch wissen. Gleich heute Nachmittag, auf ihrem kleinen Einkaufsbummel, würde sie sie danach fragen.

You gave me a call last night, you gave me a call, you gave me a call …

Was für ein Song!

3. Kapitel

Iris Ehlers saß an ihrem Schreibtisch im Vorzimmer des Notariats Dr. Herbert Eisenhuth. Es war kurz vor zehn, und sie hatte gerade ihre kleine Pause damit beendet, dass sie ihren Kaffeebecher mit der zweifellos sehr originellen Aufschrift „Bürotasse" wieder in der Spüle der kleinen Teeküche abgestellt hatte. Ihr Chef war nicht im Hause, heute Morgen hatte er in einer Grundbuchsache einen Termin ein paar Kilometer außerhalb von Ginsberg.

Iris hatte sich bereits durch ein paar Vertragsentwürfe durchgearbeitet und zögerte einen Moment, weil sie nicht recht wusste, ob sie in der Verkehrssache von gestern oder in der Scheidungssache vom letzten Freitag weitermachen sollte. Da ihr diese Entscheidung nicht ganz leicht fiel, beschloss sie, sie noch etwas weiter hinauszuzögern.

Ein kleines entspannendes Spielchen „Solitär" am Computer könnte jetzt sicher nicht schaden.

Das Telefon meldete sich.

„Kanzlei Dr. Eisenhuth, Rechtsanwalt und Notar, Ehlers am Apparat", sagte Iris automatisch, während sie die Solitär-Seite auf dem Monitor mit einem Anflug von schlechtem Gewissen schloss.

„Hallo Iris, ich bin's", sprach Benno am anderen Ende der Leitung. Iris hatte ihm neulich gesagt, er bräuchte sich bei ihr nicht mit dem Namen zu melden, sie würde seine Stimme sowieso nach der ersten Silbe unter zehntausend anderen herausfiltern können. Derart geschmeichelt, hielt Benno sich daran.

„Oh Benno, du hast mich gerade beim süßen Nichtstun erwischt, aber gleich muss ich wieder ran an die Buletten. Was gibt's denn so bei dir?"

„Weißt du, der Dankwart Siebelt hat gerade angerufen," Bennos Stimme klang etwas verlegen, „er steckt wohl in Schwierigkeiten und braucht dringend noch jemanden für eine kleine Ermittlung. Nur ein paar Tage. Ich müsste aber natürlich nach *Hannover*. Und leider auch sofort."

Benno wartete ab.

Befürchtete er, dass Iris ihn jetzt ausschimpfen würde wie seine Mutter, als er einmal drei Stunden zu spät nach Hause gekommen war, weil er beim Spielen bei einem Klassenkameraden auf dem Sofa eingeschlafen war?

Iris ließ ihn noch ein bisschen zappeln, aber dann sagte sie:

„Ist schon okay, Benno. Aber lass bitte von dir hören, ja? Vergiss dein Handy nicht wieder!"

Erleichtert versprach Benno, dass er sie *heute Abend* noch anrufen würde, ob mit oder ohne Handy. Ja, er hätte die kleine Reisetasche schon gepackt und auch Socken für drei Tage dabei. Ob er die Zahnpasta mitnehmen dürfte? Da sei ja wohl keine Ersatztube mehr. Ach so, im Vorratsschrank. Und Iris sollte abends die Terrassentür verriegeln.

„Also, Schatz, dann mach's gut! Bussi!"

„Bussi!", antwortete Benno, bevor er auflegte. Dieses Abschiedswort kam ihm zwar etwas albern vor, aber er wusste, dass Iris es nicht sagen würde, wenn andere dabei wären.

Sie hatte ebenfalls den Hörer aufgelegt.

Iris fand immer noch nicht den richtigen Einstieg in die Arbeit. Zwei, drei Tage, hatte Benno gesagt. Na, hoffentlich würde keine Woche daraus. Und hoffentlich hatte diese Ermittlungssache in Hannover nicht irgendetwas mit anderen Frauen zu tun. Doch, Iris war schon ein bisschen eifersüchtig, so gern wollte sie ihren Benno nicht wieder loswerden.

Sie warf einen Blick auf den Verlobungsring aus Platin mit einem ganz kleinen eingelassenen Diamanten, den Benno ihr geschenkt hatte.

Benno selbst trug aber keinen Ring.

Da Iris keine Verlobungserfahrungen aufzuweisen hatte, trotz fortgeschrittenen Alters von immerhin 37 Jahren, hatte sie nicht gewusst, ob sie Benno nun auch einen Ring schenken sollte oder nicht. Benno hatte jedoch abgewinkt und gesagt, dass er nach der Erfahrung mit seinem letzten Ring, der ihm von einem Chirurgen entfernt werden musste, bis in alle Ewigkeit auf das Tragen von Ringen verzichten wollte.

Leider konnte sich Iris nicht mehr so recht daran erinnern, ob Benno in diesem Zusammenhang nur von einem *Verlobungs*ring gesprochen hatte oder generell von allen Ringen, inklusive Ehering. Gegen einen solchen hätte Iris ihrerseits nichts einzuwenden gehabt. Aber sie wusste: Benno war so ein Typ, der Zeit brauchte, man durfte ihn nicht drängen, und vor allem war es ganz gut, wenn er irgendwann denken könnte, es wäre *seine* Idee, endlich zu heiraten.

Auf der anderen Seite: So lange kannten sie sich ja auch noch gar nicht, es war ja noch nicht einmal ein Jahr her, dass sie einander zum ersten Mal hier in der Kanzlei Dr. Eisenhuth begegnet waren. Im Nachhinein betrachtet war Iris sofort in Benno Jenssen verliebt gewesen, als sie ihn zum ersten Mal sah. Insofern konnte sie mit dem Verlauf der Dinge an sich sehr zufrieden sein. Ein Verlobungsring, das war doch schon mal ein schöner Anfang. Hoffentlich würde er an ihrem Finger nicht so alt werden, dass sie ebenfalls einen Chirurgen konsultieren müsste.

Hmm, Benno würde jetzt also ein paar Tage unterwegs sein. Da könnte sie doch mal ein bisschen die Möbel umstellen, vielleicht etwas Neues kaufen und ihn damit überraschen.

Sie ging ins Internet und surfte ein wenig auf den Seiten einiger Möbelhäuser im näheren Umfeld von Ginsberg herum. Etwas wirklich Ansprechendes oder gar Überraschendes konnte sie allerdings nicht finden.

Eigentlich war ihr nach einer ganz anderen Art von Überraschung zumute. Wenn sie sich nun ein paar Tage frei machen könnte, Dr. Eisenhuth hätte sicher nichts dagegen, er hatte es sogar schon öfter einmal selbst angesprochen, und Benno einfach nachreisen würde. Ein Zimmer in einem kleinen, romantischen Hotel ganz in der Nähe von Hannover, und dann könnte Benno doch abends zu ihr kommen und ...

Es war vielleicht albern und sie wusste auch nicht ganz sicher, ob Benno wirklich so begeistert wäre mitten in seinen „Ermittlungen", aber der Gedanke an romantische Stunden bei Kerzenschein im Hotelzimmer, vielleicht eine Flasche Champagner, Hausmarke, griffbereit neben dem Bett, ließ sie einfach nicht mehr los.

Iris beschloss, ihren Chef um ein paar Tage Resturlaub zu bitten, sobald er in der Kanzlei auftauchte.

4. Kapitel

Ronald Hargens wollte es noch mal so richtig krachen lassen.

Er saß am geräumigen Tisch in der Wohnküche seines opulent ausgebauten Bauernhauses in Mardorf am Steinhuder Meer, mit dem Auto ungefähr eine Stunde von Hannover entfernt. Wenn man sehr schnell fuhr, konnte man es auch in einer halben Stunde schaffen.

Ronald hatte das früher einige Male riskiert, aber seine wilden Autozeiten waren nach dem zweiten Unfall mit seinem Lamborghini, bei dem außer dem Wagen auch noch er selbst beinahe draufgegangen wäre, vorbei.

Damals hatte es fast ein Jahr gedauert, bis er wieder ganz der Alte war. Er hatte schon befürchtet, dass er nie wieder auftreten könnte oder, was noch schlimmer gewesen wäre, überhaupt nie wieder hätte Musik machen können.

Judith, seine Frau, hatte ihm während dieser Zeit sehr geholfen, ihm immer wieder Mut gemacht und ihn nie spüren lassen, dass er zeitweilig fast so eine Art Krüppel war nach den schweren Beckenbrüchen, die er bei seinem Unfall erlitten hatte.

Judith, *seine* Judith.

Sie hatten sich schon während der Schulzeit kennen gelernt. Als er mit seiner Schülerband bei den „SMV-Tänzen" auftrat, hatte sie immer in der ersten Reihe vor ihm gestanden und ihn geradezu angehimmelt. Irgendwann himmelte er zurück, und sie hatte das Gefühl, dass er all seine Lieder nur für sie sang.

Doch damit war es nun auch endgültig vorbei. Sie hatte ihn schon vor einiger Zeit wegen eines anderen verlassen.

Ronald ließ seinen Blick durch die Küche schweifen. Es sah aus wie auf einem Schlachtfeld. Überall schmutziges Geschirr, überquellende Mülleimer, leere Bierdosen, halbleere Whiskyflaschen.

Klebrige Essensreste auf den zusammengestapelten Tellern auf dem Tisch direkt vor seiner Nase.

Er hatte mit den Jungs drei Tage geprobt, da war natürlich keine Zeit zum Aufräumen gewesen.

Die Jungs, das waren er selbst mit Gitarre und Gesang sowie die anderen Spiders, seine alten Kumpels Dieter Jessen (55) am Schlagzeug, Onno Pertsch (49), Bassgitarre, Micky Tornemans (51) an den

Keyboards und schließlich „der Neue": Richard Mosaba (23), Percussion, er war ein Student aus Kenia, den er einmal bei einem Auftritt in Hannover gesehen und vor allen Dingen gehört hatte. Gerade von ihm versprach Ronald sich eine ganz neue Soundvariante.

Die Spiders hatten seit fast zehn Jahren nicht mehr zusammen gespielt, obwohl sie sich nie offiziell aufgelöst hatten.

Es war einfach so gekommen, dass jeder immer mehr seinen eigenen Weg gegangen war und dass auch der große Erfolg der siebziger Jahre sich nicht mehr ins neue Jahrtausend herübergerettet hatte.

Das letzte Album, „Respect It", war 1991 erschienen und wurde nur 4876-mal verkauft, eine Pleite auf der ganzen Linie.

Wahrscheinlich waren die Fans von früher schon alle ausgestorben.

Nur Ronald und Micky waren bei der Musik hängen geblieben.

Micky spielte bei verschiedenen Bands, teilweise sogar Tanzmusik, er war aber auch gelegentlich für Studioaufnahmen gefragt.

Ronald konnte sich als Produzent von einigen Punk-Bands eine Zeitlang über Wasser halten, hatte dann aber unerwartet Erfolg mit der Musik zu einigen Filmen, die seiner Feder entstammten. Da die Tantiemen noch einmal reichlich flossen, konnte er sich einige Träume verwirklichen, mit der Zeit hatte er eine recht beachtliche Sammlung sehr rarer E-Gitarren aus verschiedenen Epochen beisammen. Kenner behaupteten zuweilen, seine Sammlung sei die beste im gesamten deutschen Sprachraum, aber ob das stimmte, wusste Ronald selbst nicht zu sagen. Es gab da sicher noch ein paar andere Sammler, die ihre Leidenschaft nicht an die große Glocke hängten und lieber ungestört von der Öffentlichkeit ihrem Steckenpferd frönten.

Seit der Zeit, als Judith ihn ausgerechnet wegen eines biederen Finanzbeamten namens Edgar Müller (von Ronald *Edgar Wallach* tituliert) verlassen hatte, also vor ungefähr anderthalb Jahren, war Ronald immer wieder von der Vorstellung heimgesucht worden, die alten Spiders mal wieder zum Leben zu erwecken und den Leuten dann so richtig zu zeigen, was noch in ihnen steckte.

Mit Micky hatte er leichtes Spiel gehabt, sie hatten sich ohnehin schon öfter getroffen und ein paar alte Sachen zusammen gespielt, bei den anderen war es schon etwas schwieriger gewesen.

Dieter Jessen, mit seinen 55 Jahren der Senior der alten Spiders, hatte sein Schlagzeug schon vor langer Zeit verkauft und seitdem höchstens mit den Fingern auf dem Schreibtisch des Maklerbüros, das er von seinem Vater übernommen hatte, getrommelt.

Onno Pertsch hatte zwar noch seine Bassgitarre, besser gesagt, er hatte noch all seine acht verschiedenen Bassgitarren, er hatte aber auch seit fünf Jahren nicht mehr gespielt und seine sehnigen Hände stattdessen in die Frisuren der Damenwelt von Hildesheim getaucht, wo er in einen Frisiersalon eingeheiratet hatte, was kein Wunder war, denn er hatte immerhin schon als Friseur ausgelernt, als die Spiders damals eine Zeitlang zu seinem Fulltime-Job wurden.

Es war in der Tat schon schwierig gewesen, *die Jungs* mal wieder zusammenzutrommeln und an alte Zeiten zu erinnern.

Als sie sich in nostalgischer Runde vor einem Jahr bei Ronald trafen, wurde die Idee eines Spiders-Revivals nach dem dritten Whisky immer konkreter und gipfelte schließlich in einer Art feierlichem Schwur, dass man wieder loslegen wollte und auch würde.

Ronalds Idee mit dem neuen Mann an den Congas und Bongos und was es sonst noch alles an rhythmischem Beiwerk gab, wurde zunächst von den anderen misstrauisch beäugt, als sie dann aber Richard Mosaba in Aktion sahen, waren sie begeistert und stimmten Ronald zu, okay, der Typ wäre der Richtige für sie und würde auch das Blut der jungen Generation zum Kochen bringen.

Ja, drei Tage hatten sie geübt, nur wenig Schlaf gekriegt und bald nach dem Frühstück wieder angefangen. Sie hatten die alten Stücke doch noch ganz gut drauf, Ronald hatte sowieso vorsorglich seit ein paar Monaten seine alten Gitarren-Soli eingeübt, die langgezogenen, eigenartig überirdisch vibrierenden Soli, die ihm den Ruf eines deutschen Carlos Santana eingebracht hatten.

Ganz im Vertrauen hielt Ronald nicht allzu viel von Carlos Santana, er fand sich selbst schon eine Spur besser. Dies aber kundzutun – das traute er sich nicht gegenüber seinen Musiker-Kollegen.

Sie hatten dann noch ein paar Stücke eingeübt, die Ronald zusammen mit Micky geschrieben hatte. Es wäre doch ganz schön, wenn man auch mal wieder ein neues Album rausbringen könnte, aber dazu fehlte ja noch weiteres Material.

Und die Praxis.

Die wollten sie sich aber erst einmal wieder neu erspielen, ein paar Gigs in verschiedenen Kleinstädten, an Wochenenden, damit Dieter und Onno nicht zu sehr belastet würden.

Es war natürlich alles ein Risiko. Wer kannte schon noch die Spiders? Gut, ihre alten Hits liefen manchmal noch auf NDR 2 oder bei den Privatsendern, allerdings eher schon bei den Oldie-Sendern. Aber Ronald Hargens hatte sich auf die Fahnen geschrieben, dass er es noch mal so richtig krachen lassen wollte, bevor er selbst endgültig ein Oldie war.

Seine Figur war noch ganz okay, es passten sogar noch die alten Bühnenklamotten von der Tour 1978, aber die Haare ... Okay, sie lichteten sich halt. Man konnte ja auch ein bisschen nachhelfen.

Und: Es gab ja auch ältere Groupies.

Falls es überhaupt noch Groupies gab.

Aber es gab da noch ein ganz anderes Problem: Eigentlich hatte er so gut wie kein Geld mehr. Und die Versicherung hatte für die Fender immer noch nichts bezahlt.

Ronald stand mühsam auf. Er hatte ganz vergessen, seine drei Rottweiler zu füttern.

5. Kapitel

Benno hatte eine anstrengende Fahrt hinter sich.

Die A 7 war wieder einmal vollgestopft gewesen mit LKWs aus aller Herren und Damen Länder.

Mit seinem gelben Citroën-Lieferwagen, halbzärtlich „Zitrone" genannt, konnte Benno sich zwar ohnehin keine Geschwindigkeitsräusche erlauben, heute aber hatte er sich wieder einmal rekordverdächtig gemacht für den Pokal um die niedrigste Durchschnittsgeschwindigkeit auf der Strecke Ginsberg-Hannover. Es war bereits nach 16 Uhr gewesen, als er endlich sein Fahrzeug in die Tiefgarage des Gebäudes *Am Kanonenwall 58* in Hannover, wo die Detektei „K & S" ihr Domizil hatte, lenken konnte. Benno war, bis auf eine kleine Mittagspause an einer recht ungemütlichen Raststätte, durchgefahren und fühlte sich leicht gerädert.

Etwas benommen von der Fahrt stellte Benno die Zitrone auf einem der K & S-Stellplätze ab und stieg aus. Sollte er die Tasche mitnehmen? Sicher war sicher. Es wäre doch etwas peinlich, wenn ausgerechnet einem Detektiv etwas aus dem Auto gestohlen werden würde. Also nahm er die Reisetasche an sich und schloss sorgfältig sein Auto ab. Es tat ganz gut, sich die Beine etwas vertreten zu können, und er ging mit der Reisetasche in der rechten Hand in Richtung Aufzug, wobei sein Gang durchaus etwas unbeabsichtigt Cowboymäßiges an sich hatte. Er drückte den Knopf, und unwillkürlich heulte leise irgendwo der Elektromotor auf, der den Fahrstuhl antrieb. Nach Bennos Theorie gab es auf der Welt nur einen einzigen Hersteller für Fahrstuhlmotoren, denn sie klangen alle gleich.

Der Aufzug war da und öffnete mit typischem Geräusch seine Türen. Benno drückte auf den Knopf für die neunte Etage, denn dort residierte Dankwart Siebelt, „hoch über den Dächern von Hannover", wie er als Meister der Gemeinplätze zu sagen pflegte. Die Luft im Aufzug roch nach einer abgestandenen Mischung aus Nikotinausdünstungen und teurem Rasierwasser, was die Sache aber nicht gerade besser machte.

Benno war da.

Ein leichtes oder gar doch etwas schwereres Heimatgefühl bemächtigte sich seiner, denn hier – in der Detektei K & S – war viele Jahre lang auch sein kleines Bürozimmer gewesen.

Dankwart begrüßte Benno mit derselben Dankbarkeit, die er auch schon während des Telefongesprächs hatte erkennen lassen.

Die Sekretärin, eine Neue namens Katrin Gerbert, hatte schon Feierabend, aber zuvor hatte sie noch reichlich Kaffee zubereitet, den Benno nun während des Gesprächs mit Dankwart genoss, wenn er auch innerlich kritisch anmerken musste, dass der Ginsberger Kaffee à la Iris Ehlers um einige Grade besser war.

Sie saßen in Dankwarts Büro auf zwei Sesseln, die um einen runden Tisch gruppiert waren, falls es überhaupt möglich war, zwei einzelne Sessel zu gruppieren.

Benno zündete sich seine Dienstagspfeife an.

„Also, Benno, die wesentlichen Sachen habe ich dir ja schon am Telefon gesagt. Wie ich dich kenne, hast du die auch nicht gleich wieder vergessen. Ronald Hargens versus *Hannoversche Feuer- und Sach* sozusagen. Gut, es geht ja um diese 350.000 Euro-Gitarre. Bei Hargens ist eingebrochen worden, die Polizei hat die Sache bearbeitet, es ist aber nur diese eine Gitarre gestohlen worden. Hargens hat noch am selben Tag den Verlust bei seiner Versicherung gemeldet, und die sind natürlich im Dreieck gesprungen. Es geht das Gerücht um, dass Hargens so gut wie pleite ist, und das ist für die Versicherung natürlich verdächtig. Ein paar Einbruchsspuren kriegt man natürlich prima hin, wenn man sich nicht allzu doof anstellt. Ich hab' also Sinowsky auf den Hargens angesetzt, aber der hatte ja noch diese Sache mit dem angeblichen Hochstapler, und da lässt sich der blöde Hund doch auf der Trabrennbahn von so einem Sulky überfahren. Also, ich würde mal Sinowsky selber fragen, der kann dir noch ein bisschen mehr über Hargens erzählen."

Benno nutzte Dankwarts Pause, um eine Frage zu stellen:

„Und wann war der Einbruch?"

„Am 20. April. Drei Tage später kam schon der Auftrag von der *Hannoverschen Feuer- und Sach*. Ja, da hing dann der Sinowsky dran, wie gesagt, parallel zu dieser Hochstapler-Sache. Aber da wäre wahrscheinlich sowieso nichts bei rausgekommen. Übrigens, um *den* Fall kümmere ich mich jetzt selbst. Brauche mal etwas frische Luft. Also, hier hast du die Akte mit allem, was Sinowsky schon

zusammengetragen hat. Und hier ...", er überreichte Benno ein Falt-
blatt mit nichtssagenden Aufnahmen durchschnittlicher deutscher
Hotelzimmer, „ ... ist dein reserviertes Zimmer im *Leine-Hotel*, gleich
um die Ecke. Du wohnst dort als *Herr Schmidt aus Erfurt*. Okay?
Deinen Wagen kannst du bei uns abstellen, wenn du nicht gerade
unterwegs bist. Ansonsten bekommst du den üblichen Tagessatz
plus Spesen, und die Erfolgsprämie, die die Versicherung ausgesetzt
hat, ist solo für dich. Ich nenn' dir lieber nicht den Betrag, sonst
fängst du gar nicht erst an zu arbeiten."
Im weiteren Verlauf des Gespräches tauschten sie außer ihren
Handy-Nummern noch weitere mehr oder weniger interessante
Details aus.
Schließlich verabschiedete Benno sich. Man würde sich sehen. Erst
mal ins Hotel, dann vielleicht noch auf einen Sprung zu Sinowsky.

6. Kapitel

Das „Leine-Hotel" war tatsächlich gleich hinter der nächsten Straßenecke. Benno war trotzdem erfreut darüber, dass er seine Reisetasche mit den drei Paar Socken und so weiter bei sich hatte und nicht noch einmal seine Zitrone in der Tiefgarage des „K & S"-Gebäudes aufsuchen musste.

Das hoffentlich einigermaßen gastliche Haus war eines dieser Etablissements, die die Bezeichnung Hotel eigentlich nicht so recht verdienten. Unter einem Hotel stellte sich Benno eher so etwas wie das „Adlon" vor, wo man bereits an der Tür von einem aufmerksamen Portier begrüßt wird, der seinerseits einen Boy heranwinkt (es hätte auch ein Girl sein dürfen), der sich um das umfangreiche Gepäck kümmert. In der großzügigen Halle würde man zum Empfangschef komplimentiert werden, der zweifellos einen leicht österreichischen Dialekt sprechen würde.

Nichts von alledem im Leine-Hotel.

Die Tür war verschlossen. Benno musste klingeln.

Durch die etwas angerostete Sprechanlage in der schlecht verputzten Hauswand erklang neben dem typischen Knacksen und Rauschen nach einiger Zeit eine ebenfalls etwas verrostet klingende männliche Stimme älterer Bauart.

„Ja, bitte ...?"

Man hörte der Stimme an, dass es ihr durchaus nicht recht wäre, jetzt in einer wichtigen Tätigkeit oder wahrscheinlich eher Untätigkeit unterbrochen zu werden.

Benno schaute auf die Uhr. 17.45 Uhr, da war die Mittagsstunde wohl schon vorbei.

„Schmidt," sprach Benno, „Herr Siebelt hat ein Zimmer für mich bestellt."

„Siebelt ... Siebelt ... Hier steht nichts von einem Siebelt. Aber, ja, da ist es, Schmidt. Ja, sicher, Herr Schmidt. Treten Sie näher!"

Es erklang das nervenzerreißende Geräusch des elektrischen Türöffners.

Benno lehnte sich gegen die etwas angestaubte Glastür, und es gelang ihm, mit Hilfe der Verlagerung seines gesamten Körpergewichts auf die rechte Schulter, diese mühsam zu öffnen.

Er befand sich nun in einem engen Flur, nein, von Halle konnte man sicher nicht sprechen. In der hinteren Ecke des Flurs war eine Art Verschlag, hinter der sich ein weißhaariger Mann zwischen 60 und 70 verbarrikadiert hatte. Benno ging auf ihn zu, worauf der Weißhaarige ihn neugierig musterte.

„Herzlich willkommen, mein Herr, äh, Herr Schmidt. Ja, es ist reserviert für Sie, zunächst drei Nächte, wurde gesagt. Es ist auch im Voraus bezahlt, hat alles seine Ordnung. Frühstück von halb sieben bis halb elf."

So lange wollte Benno eigentlich gar nicht frühstücken.

Der Weißhaarige reichte Benno einen Schlüssel mit einer Art Totschläger als Anhänger. Immerhin war die Zimmernummer „33" deutlich zu erkennen.

„Der Schlüssel ist auch für die Haustür. Bitte achten Sie darauf, dass keine fremden Personen mit Ihnen hineinkommen. Wir haben hier nämlich keinen Nachtportier."

Allmählich hatte Benno den Eindruck, dass der Weißhaarige überhaupt das gesamte Personal des Leine-Hotels darstellte.

Er wies mit dem Versuch eines freundlichen Nickens in Richtung Fahrstuhl, wobei er sich als letzte Bemerkung „Dritter Stock" abquälte.

Damit war die Konversation beendet.

Benno musste nichts unterschreiben. Na klar, das Zimmer war ja schon bezahlt. Man konnte gespannt sein auf das Frühstück. Wahrscheinlich wieder alles einzeln verpackt und ein gigantischer Abfalleimer auf dem Tisch.

Doch zunächst wollte Benno sich noch nicht geistig mit dem Frühstück auseinandersetzen.

Er nahm den ziemlich engen Fahrstuhl, das Hinweisschild „4 Personen" galt wahrscheinlich nur für Pygmäen.

Das Zimmer war aber einigermaßen annehmbar. Es war ein Doppelzimmer, Einzelzimmer gab es hier wahrscheinlich sowieso nicht. Benno unterzog die Beleuchtung, die Armaturen im Bad und den Fernseher einer kritischen Untersuchung. Alles funktionierte zu seiner Überraschung einwandfrei, nur das Licht war mal wieder zu dunkel, alle Pensionen und Hotels der unteren mittleren Preisklasse schienen eine Vorliebe für 25 Watt-Glühbirnen zu haben.

Dann versuchte er Iris anzurufen. Lieber mit dem Handy, das war sicher billiger als diese haarsträubenden Hotel-Telefontarife. Zuerst zu Hause, aber da nahm niemand ab. Nanu, wo war sie denn? Aber egal, Iris war ja kein Beschattungsfall. Er wählte ihre Handy-Nummer, aber da meldete sich nur die Mailbox. Benno zögerte kurz, dann hinterließ er die kurze Nachricht, er sei gut angekommen, logierte im Leine-Hotel (was er sehr deutlich aussprach), es gehe ihm gut und Bussi-Bussi.

Danach schaltete er das Handy wieder aus und legte sich einen Moment aufs Bett. Erstmal nachdenken.

Aus dem Nachdenken wurde nichts, er musste wohl etwas eingenickt sein. Das Zimmer lag im Schein der 25-Watt-Deckenleuchte, und er brauchte mehr als einen Augenblick, bis ihm wieder einfiel, wo er sich gerade befand. Seine Uhr teilte ihm mit, es sei gerade halb sieben geworden. Und er wollte doch noch zu Sinowsky. Alles auf morgen verschieben, das wäre wohl keine gute Idee, er wollte ja kein halbes Jahr in Hannover zubringen, sondern nur ein paar Tage.

Also besann Benno sich, stand auf und ließ im Bad etwas kaltes Wasser über sein Gesicht laufen, jedenfalls soweit die Ausmaße des Waschbeckens das zuließen. Dann nahm er den Hotelschlüssel, der seine Jackentasche nicht unwesentlich ausbeulte, und verließ das gastliche Haus. Irgendwie konnte er sich nicht des Eindrucks erwehren, der einzige Gast im Haus zu sein. Aber das würde er sicher am nächsten Morgen im Frühstücksraum feststellen.

Hmm, Sinowsky lag im Klinikum Hannover-Oststadt.

Benno kannte sich in der Tat sehr gut in Hannover aus, und so kam er nach etwa zwanzig Minuten durch den relativ dichten Verkehr am Gebäudekomplex des Krankenhauses an.

Es waren um diese Zeit eine Menge Parkplätze frei, und so konnte Benno seine Zitrone ganz in der Nähe des Haupteingangs abstellen.

Er betrat das Gebäude und ging zur Information, wo eine Dame mittleren Alters zwischen Aktendeckeln und ihrem Computer hockte.

„Schönen guten Abend," sprach Benno fröhlich, „ich möchte gern zu Herrn Sinowsky."

Die Dame mittleren Alters schaute ihn mit einem mütterlich-strengen Blick an und sagte: „Die Besuchszeit ist seit 18.00 Uhr beendet."

Da ihr Blick nicht nur streng war, sondern tatsächlich durchaus auch mütterlich, legte Benno ihr dar, dass er extra aus Ginsberg gekommen sei, als er gehört hätte, dass sein Freund im Krankenhaus läge, leider hätte er sich nicht früher frei machen können, und er könnte leider nicht in Hannover bleiben, weil er am nächsten Tag einen wichtigen Termin in Ginsberg hätte.

Die nun nicht mehr strenge, sondern nur noch mütterliche Dame war im Begriff, eine Ausnahme zu machen.

„Ja, ich schau dann gleich mal nach. Sinowsky, sagten Sie? Moment – Sinowsky, Hubert – Sinowsky, Bertram – Sinowsky, Maria?"

Blattschuss! Benno wusste einfach nicht, wie Sinowsky mit Vornamen hieß. Sie hatten immer nur *Sinowsky* zu ihm gesagt. Sie duzten sich zwar, aber trotzdem ... Peinlich, Benno wusste den Vornamen einfach nicht. Er war sich allerdings ziemlich sicher, dass er nicht Maria hieß.

„Sinowsky aus Hannover natürlich", sagte Benno aufs Geratewohl, eigentlich nur, um Zeit zu gewinnen.

„Ach so, *Bertram* Sinowsky, Hannover. Der Herr *Hubert* Sinowsky ist aus Göttingen."

„Ja, ja," legte Benno nach, „der *Bertram* natürlich."

„Zimmer 765 im Südtrakt. Frauen IV – wir mussten Ihren Freund in der Frauenklinik unterbringen, weil bei den Männern alles überbelegt ist. Aber im Mai – sie wissen ja, da werden wenig Kinder geboren, eher gezeugt."

Die Dame kicherte, allerdings ein mütterliches Kichern.

Benno dankte ihr sehr herzlich und höflich und erhielt noch eine genaue Wegbeschreibung.

Es wurde eine Rallye über Flure, Gänge, durch Treppenhäuser und Fahrstühle sowie über eine erstaunlicherweise ganz offene Verbindungsbrücke zwischen zwei Gebäuden, die sehr glatt war. Benno nahm an, dass auf diese Weise Nachschub für die Orthopädie III besorgt wurde.

Er überstand die Brücke – trotz des einsetzenden Nieselregens – ohne Sturz.

Schließlich landete er bei „Frauen IV" und zog sich zunächst die missbilligenden Blicke einer Krankenschwester zu.

Nachdem er ihr aber klar gemacht hatte, dass er weder ein Spanner noch ein Vertreter für Ausbildungsversicherungen sei, sondern die gütige Erlaubnis hätte, seinen alten Freund Bertram Sinowsky noch um diese Zeit kurz zu besuchen, er wäre extra heute aus Ginsberg gekommen, das läge in Hessen, jaja, zeigte die Schwester ihm sogar die Zimmertür.

Nun erst fiel Benno ein, dass er weder Blumen, noch Weintrauben oder teure Herrenmagazine bei sich hatte.

Er klopfte vorsichtig und trat ein.

Sinowsky lag als einziger Patient in einem Vierbettzimmer, das eigentlich für vier Wöchnerinnen inklusive Anhang vorgesehen war.

Er machte einen stark bandagierten, aber nicht unbedingt leidenden Eindruck. Sein linkes Bein war vollkommen eingegipst, außerdem schien mit dem rechten Unterarm etwas nicht ganz in Ordnung zu sein, denn auch er war unter einer Gipsschicht verborgen, und schließlich war auf der Stirn über Sinowskys rechtem Auge noch der verschwommene Hufabdruck eines edlen Trabers zu erkennen.

„Mensch, Benno! Das ist ja dufte!"

Benno meinte sich zu erinnern, dass Sinowsky irgendwann einmal von Berlin nach Hannover gezogen war. Einen leichten Berliner Akzent ließ er durchaus noch erkennen.

Benno zog einen Stuhl an Sinowskys Bett heran, und sie konnten mit ihrem Gespräch beginnen.

7. Kapitel

„Sinowsky, Sinowsky, was machst du nur für Sachen", sagte Benno, nachdem er den Stuhl neben dem Krankenbett in die günstigste Konversationsposition gerückt hatte.

Sinowsky seinerseits begann mit einem Wortschwall, dem man anmerken konnte, dass er seit ein paar Tagen zurückgehalten worden war. Offenbar bekam er nur wenig Besuch. Benno wusste nicht einmal, ob er Verwandte oder Freunde in Hannover hatte. Er hatte lediglich ein paar Eckdaten: Sinowsky, Bertram (jetzt wusste er den Vornamen ja endlich), ca. 30 Jahre alt, 1,85 m groß, blondes, mittellanges, etwas strähniges Haar, das sich am Hinterkopf etwas zu lichten begann, schlank, sportlich, durch seine Goldrandbrille recht intellektuell wirkend und daher in entsprechenden Milieus durchaus einsetzbar, solange man keine wissenschaftlichen Vorträge von ihm erwartete. Unverheiratet und eigentlich immer auf der Suche nach der Einen, mit der er Bett und Tisch (auf diese Reihenfolge legte er sehr viel Wert) teilen konnte.

„Ja, Benno, Dankwart hat dich schon angekündigt. Du hast ja auch schon meine Unterlagen, viel steht ja nicht drin. Hast du schon mal `reingeschaut?"

Benno verneinte mit einem leichten Kopfschütteln. Er hatte sich eigentlich die Akte Ronald Hargens als Frühstückslektüre für den nächsten Morgen reserviert. Um sein schlechtes Gewissen etwas zu beruhigen, lenkte er Sinowsky mit Fragen nach dessen Befinden ab, und wie es denn überhaupt zu diesem Unfall gekommen sei.

„Ach, so eine saublöde Geschichte. Kann auch nur mir passieren, doch, doch. Ich bin auf der Rennbahn und hänge mich an einen gewissen *von Meyerbrodt* heran, wenn er wirklich so heißt. Den Kerl beschatte ich schon seit Wochen, er steht bei einigen Banken in der Kreide und macht sich trotzdem einen flotten Lenz. Die Banken sind aber auch so was von blöde! Fallen auf falsche Papiere und Empfehlungsschreiben herein, geben großzügig Kredite, die der Herr natürlich nicht bedienen kann. Und so wollen sie austesten, ob er nicht doch irgendwo eine Geldquelle hat, die man vielleicht anzapfen könnte. Bisher hab' ich aber nur zugeguckt, wie der feine Herr Geld ausgegeben hat. Und da sehe ich ihn im Gespräch mit einem Mann auf der anderen Seite der Rennbahn, und ich denke mir, nischt wie rüber mit dir, Sinowsky, Fotos machen, was weiß ich, vielleicht ist der Herr ja so 'ne Art Geschäftspartner von dem Meyerbrodt. Und ick seh' da auch noch, wie der andere dem Meyerbrodt einen Umschlag geben will, da klingelt natürlich bei mir die Alarmglocke, also ich nischt wie rüber über die Rennbahn, klar ist das verboten, und da kommen doch diese blöden Viecher mit ihren Minikutschen hinten dran und den leichten Jungs drauf, ein ganzer Haufen. Am ersten bin ich noch vorbei, der zweite hat mich voll erwischt, über Arm und Bein rübergefahren, und vom dritten Pferd, Labskaus war sein Name, habe ich noch eins mit dem rechten Hinterlauf verpasst bekommen. Harte Sache. Ab da war erstmal Blackout mit Sinowsky, und ich bin erst im Krankenhaus wieder wach geworden. Die Meyerbrodt-Sache, da ist jetzt der Chef selber dran, tut ihm ja mal wieder ganz gut, meint er. Naja, und hier liegt es sich prächtig, eins A Service, Farbfernsehen mit 30 Kanälen, bloß kein Porno-Kanal, den haben sie wohl abgeklemmt. Aber: Essen ist prima, und die Schwestern ... Zucker! Also ehrlich, zum Anbeißen, wenn die hier so bei mir ankommen mit ihren halb durchsichtigen Klamotten. Sinowsky, halte an dich!"

„Und wie lange wird dein Urlaub hier noch dauern?", fragte Benno.

„Ach, so zwei, drei Wochen bestimmt noch, das muss ja alles wieder richtig zusammenpassen wie bei so 'nem Puzzle mit 1000 Teilen. Das braucht seine Zeit."

Ungeduldig schien Sinowsky nicht gerade zu sein. Was Benno nicht wissen konnte, war der Umstand, dass Sinowsky bereits mit mehreren Krankenschwestern die Telefonnummern ausgetauscht hatte. Mit der Nachtschwester Gundula hatte er auch schon ganz anderes ausgetauscht. Kurzum, er hatte zunächst überhaupt kein Interesse daran, das Paradies von „Frauen IV" vorzeitig zu verlassen.

Nach seiner Lobeshymne über den amourösen Zustand dieser Abteilung wandte sich Sinowsky wieder der etwas nüchterneren Information zu.

„Du willst natürlich noch 'n bisschen mehr über den Ronald Hargens hören, Benno, ist ja klar. Weißt du, das Wichtigste steht ja alles in der Akte. Und seine alte Gruppe, die Spiders, die kennst du ja sicher, ist ja eher deine Generation als meine."

Benno konnte da nicht ganz zustimmen. Er war vierzig, nicht fünfzig plus wie diese Rock-Opas.

Sinowsky fuhr fort: „Der Hargens hat 'ne ganze Zeitlang ziemlich viel Geld gehabt, erstmal früher von seiner Gruppe, die waren ja ganz erfolgreich und haben viele Platten verkauft, und später dann durch seine Filmmusik. Also, der hat schon was drauf, ich hab' mir 'n paar Sachen angehört. Dann hat er ja so'n ziemlich teures Haus am Steinhuder Meer, umgebautes großes Bauernhaus, Schwimmbad im Kuhstall, eigenes Studio und so weiter. Und dann hat er ja noch so einen Knall mit seinen Gitarren. Der hat ein Vermögen für seltene Gitarren hingeblättert. Muss wohl so 'ne Art Sucht von ihm sein. Aber: Seit gut zwei Jahren hat er sich keine neue mehr zugelegt, im Ort sagt man, er lebt auf Pump. Sogar der Schlachter will ihm nichts mehr liefern. Klingt ziemlich oberfaul. Und da kommt denn diese komische Sache mit der 350.000 Euro-Gitarre, die er viel billiger ersteigert hatte. Ausgerechnet die wird ihm von Einbrechern geklaut! Und sonst nichts, kein Schmuck, kein Bargeld, keine goldenen Schallplatten. Da stimmt doch was nicht."

„Ja," unterbrach Benno ihn, „so sieht es wohl aus. Die Gitarre verschwinden lassen, die Versicherungssumme kassieren und dann erst mal wieder ein paar Monate Oberwasser haben."

„Nee, Benno," meinte Sinowsky, „der hat schon einen Plan, der ist ja nicht doof, der Junge. Das Geld braucht er als Startkapital für das große Comeback der Spiders. Da gibt's ja erstmal jede Menge Unkosten. Und er hofft wohl, dass sich das irgendwann auszahlt und er wieder schwarze Zahlen schreiben kann."

„Und die Gitarre", meinte Benno, „ruht auf dem Grund des Steinhuder Meeres."

„Glaub' ich nicht", sagte Sinowsky. „Der kann doch einer Gitarre, die mal sein geliebter Jimi Hendrix in den Armen gehalten hat, nichts antun. Jede Wette, die hat er irgendwo versteckt und gräbt sie wieder aus, sobald die Versicherung gezahlt hat. Aber das gerade sollen wir ja verhindern."

„Der Mann kann einem ja fast Leid tun", meinte Benno. „Da verhindern wir also möglicherweise die Wiederauferstehung der Spiders."

„Im Knast soll's auch gute Bands geben. Und überhaupt: Gesetz ist Gesetz, und wer bezahlt, der darf auch bestellen. Es kann natürlich

auch sein, dass der arme Junge total unschuldig ist und dass tatsächlich irgendein Freak nur hinter dieser einen Gitarre her war. Aber –
wie gesagt – die Tatsachen sprechen doch eher dagegen."

Benno kam etwas ins Grübeln. Wie sollte er innerhalb von drei
Tagen die Gitarre von Jimi Hendrix, wenn nicht im Steinhuder
Meer, dann aber vielleicht bei Hargens auf dem Dachboden oder
unter den Kacheln des Schwimmbades im Kuhstall finden?

Bennos Grübelei wurde durch den forschen Auftritt einer wirklich
reizenden Krankenschwester unterbrochen.

*Momentaufnahme: ca. 25 – 28 Jahre alt, brünett, braune Augen, Größe ca.
1,75 m, Gewicht unschätzbar, Maße ca. 97 – 65 – 95.*

Kein Wunder, dass Sinowsky sich hier so gerne aufhielt.

„Darf ich vorstellen: Schwester Gundula, das ist mein Kollege, Herr
Jenssen, der ist heute extra aus Hessen gekommen, nur weil ich ihm
gesagt habe, ich hätte die hübscheste Nachtschwester der Welt."

Schwester Gundula errötete leicht, während sie Sinowskys Blut-
druck maß, der in ihrer Nähe deutlich höher war als während des
Messvorgangs unter dem Vorzeichen anderer Schwestern. Nach der
Messung und einem betont liebevollen „Gute Nacht!" ging Schwester Gundula ab, wahrscheinlich um zu später Stunde noch ganz
andere Messungen durchzuführen.

Sinowsky war zu beneiden.

„Hast du denn noch einen konkreten Tipp für mich, etwas, woran
du gerade gekaut hast, als der Traber dich erwischte?", fragte Benno.

Sinowsky überlegte. „Ich habe nur so ein unbestimmtes Gefühl,
dass die Gitarre noch da ist. Der Typ ist doch oberfaul, so genial er
auch als Musiker ist. Man müsste den Hargens irgendwie ködern,
irgendwie aus der Reserve locken. Entweder Geld, das braucht er ja
dringend, oder irgendetwas mit der Karriere. Nur, mir fällt da im
Moment nichts ein."

Benno stellte sich vor, wie er Ronald Hargens mit einem 20-Euro-
Schein in der Hand aus seinem Bau herauslocken würde. Nein, so
würde es natürlich nicht gehen. Und mehr als 20 Euro hätte Benno
ihm nicht anzubieten.

Er brauchte eine andere Idee.

Benno plauderte noch etwas mit Sinowsky über dieses und jenes,
auch über Ginsberg und was Benno dort bereits erlebt hatte.

Sinowsky meinte noch, dieses merkwürdige Ginsberg scheine doch ein recht erfreuliches Nest zu sein, und im Grunde konnte er ihm nur zustimmen.

Doch dann wollte Benno nicht weiter stören, er schrieb sich noch Sinowskys Telefonnummer im Krankenhaus auf. Man würde sich wieder sehen oder hören.

Benno verabschiedete sich.

Auf dem Flur begegnete er Schwester Gundula.

Er musste an Iris denken.

Jetzt hätte er gerne sein Hotelzimmer gegen das heimatliche Schlafzimmer in Ginsberg eingetauscht.

8. Kapitel

Nachdem Benno das Gelände des Klinikums Hannover-Oststadt verlassen hatte, meldete sich sein Magen heftig zu Wort. Er verlangte die Stärkung, die ihm schon so lange vorenthalten worden war.

Es war schon fast neun Uhr abends, natürlich, es war ja auch schon richtig dunkel. Wie gut, dass er sich hier auskannte. Die Odyssee von der Abteilung „Frauen IV" zurück zum Haupteingang und dem Parkplatz hätte auch Odysseus persönlich alle Ehre gemacht. Benno hatte sich, zumal er in Gedanken war, verlaufen und musste mehrfach nachfragen, bis er den Ausgang gefunden hatte.

Er beschloss, mit der Zitrone zurück zum „K & S-Tower" zu fahren und sie dort in der Tiefgarage stehen zu lassen.

Während der Fahrt schaltete Benno sein Handy an. Er wollte Iris anrufen. Er hatte, ehrlich gesagt, verdammte Sehnsucht nach ihr. Sinowsky hatte ihn wohl mit seinen Amourösitäten auf den Geschmack gebracht.

Piep – pieeep.

Benno hatte eine SMS erhalten. Er las sie während der Fahrt, was natürlich auch verboten war.

NACHRICHT ERHALTEN. MIR GEHT ES AUCH GUT. BIN HEUTE ABEND BEI MAMMA. BUSSI. IRIS

Aha, na gut. Bei seinen Schwiegereltern wollte Benno jetzt nicht anrufen, das musste er sich nicht antun.

Nachdem er das Auto abgestellt hatte, machte Benno sich zu Fuß auf die Suche nach etwas Essbarem in der Nähe des Hotels. Er fand das kleine chinesische Restaurant, das ihm aus K & S-Zeiten noch sehr vertraut war. Der Kellner kannte ihn auch noch, was Benno etwas das Gefühl gab, wieder zu Hause zu sein.

„Nummel achtundfünfzig, wie immel? Mit Stäbchen, ja. Und dazu ein Tubolg?"

Benno hätte am liebsten applaudiert. Andererseits hatte er in diesem Lokal noch nie etwas anderes zu sich genommen, und er war sicher mehr als hundertmal zum Essen hier gewesen.

Es war sehr ruhig und angenehm im China-Restaurant. Benno nahm sich ein paar Illustrierte und blätterte unkonzentriert in ihnen herum, bis das Essen kam. Es war, wie die hundert Male zuvor, ganz vorzüglich, und Benno bestellte sich noch ein Tubolg, bevor er nach seiner Mahlzeit die Dienstagspfeife wieder in Brand setzte.

Das zweite Bier hatte ein angenehm wohlig-glimmeriges Gefühl in seinen Innereien hervorgerufen.

Benno beschloss, den Abend mit einer intensiveren Vertiefung dieses Gefühls ausklingen zu lassen.

Die kleine Kneipe in der Nähe, die er im Auge gehabt hatte, war in der Tat geöffnet, allerdings waren keine bekannten Gesichter zu sehen. Es war nicht sonderlich voll, aber am Tresen unterhielten sich lautstark ein paar leicht Angetrunkene über die Erhöhung der Bierpreise.

Benno setzte sich an einen kleinen Tisch in einer Nische, in der er ungestört war. Er blieb auch zunächst ungestört, denn die Kellnerin, eine aufgedonnerte Wasserstoff-Blondine mit grellrot geschminkten Lippen, nahm sich seiner erst nach ungefähr zehn Minuten an.

Benno bestellte zwei Pils und zwei doppelte Scotch.

„Zwei?", fragte Frau Wasserstoff, als hätte sie nicht richtig gehört.

„Ich erwarte noch jemanden!", sagte Benno laut und deutlich.

Es dauerte wieder zehn Minuten, bis die georderten Getränke kamen. Die Kellnerin machte ein paar Geheimzeichen auf Bennos Bierdeckel.

Vor ihm standen zwei Bier und zwei Whisky.

Es konnte noch ein recht angenehmer Abend werden.

Benno war ungestört, die anderen Gäste nahmen keine Notiz von ihm in seiner Ecke.

„Also, dann, Cheers, Ben!"

Ben Snoop war aus dem Nichts aufgetaucht, wie immer in solchen Momenten.

Heute trug er einen dunkelblauen, recht eleganten Anzug und schien frisch rasiert zu sein.

„Ich hoffe, ich habe Sie nicht gestört!", entschuldigte Benno sich.

Mit einem Hauch amerikanischen Akzentes erwiderte Ben:

„Keine Spur, Benno. Sie stören mich nie. Im Übrigen war ich gerade in der Oper, musste eine Lady beschatten. Und Sie wissen ja: Das einzige, was ich an der Oper vertrage, sind die Pausen. Unter uns: Ich sitze hier lieber mit Ihnen und hebe einen. Cheers!"

Ben Snoop griff zu seinem Whiskyglas und leerte es in einem Zug.

Benno lächelte. Der Kollege musste ja verdammt gelitten haben in der Oper.

Dann berichtete Benno von seinem Auftrag und den bisherigen Ergebnissen, die eigentlich eher Zwischenergebnisse waren. Er war neugierig auf Bens Urteil.

Dieser hielt sich allerdings noch etwas zurück. Benno orderte neue Getränke.

Die Geheimzeichen auf Bennos Bierdeckel häuften sich. Eigentlich hätte Ben auch mal eine Runde übernehmen können, aber dann fiel ihm ein, dass er sicher nur Dollars dabei hatte.

Sie tauschten noch ein paar Ideen aus, wie man den Fall Ronald Hargens angehen könnte. Ben konnte manches beitragen, denn er hatte bereits Erfahrungen in ähnlichen Fällen in Beverly Hills und Santa Monica gesammelt.

„Die Musiker sind alle gleich, die sind alle verrückt auf Publicity und Erfolg. Glauben Sie mir, ob in L.A. oder am, wie heißt es noch, Steinhuder Meer. Aber ich hätte eine Idee, ich glaube, ich kann Ihnen da nützlich sein. Lieber Benno, Sie sehen etwas erschöpft aus. Wissen Sie was, *ich* übernehme Ihren Fall, und Sie ruhen sich ein paar Tage aus. Sie können sich ja später mal revanchieren."

Benno fand das ja wirklich rührend von Ben. Er prostete ihm zu. Fast hätte er ihm das Du angeboten, aber er war sich nicht sicher, ob Ben nicht vielleicht doch der Ältere sein könnte.

Es war schon weit nach Mitternacht, als ein etwas schwankender Mann die Kneipe verließ und in Richtung „Leine-Hotel" ging. Was nur der Mann selbst sehen konnte: Ein anderer, ihm sehr ähnlicher Mann ging Arm in Arm mit ihm und verhinderte mehrmals, dass er von der Bordsteinkante herunterfiel.

Benno war glücklich und zufrieden.

Es war doch sehr nett, dass Ben ihm diesen blöden Fall abnahm.

9. Kapitel

„So, meine Damen, ich hoffe, es ist recht so!"
Die sehr freundliche Serviererin im *Café Tälke* in der berühmten
kleinen Bremer Gasse namens *Schnoor* hatte geschickt die Teller mit
der Sacher-Torte und die beiden Tassen mit der „Wiener Melange"
auf dem Biedermeier-Tischchen arrangiert.
Emma und Anna Jenssen lächelten erfreut und ließen ein gemein-
sames „Ah!" ertönen.
Der Kaffee duftete köstlich, und die Aussicht auf die hervorragende
Sacher-Torte, in Bremen gab es keine bessere, ließ ihnen das Wasser
im Munde zusammenlaufen.
Sie hatten ihren gemeinsamen Einkaufsbummel beendet und spontan beschlossen, ihn bei „Tälke" mit einigen Spezialitäten ausklingen
zu lassen.
Der Einkaufsbummel war Annas Idee gewesen, es könnte jedoch
auch ein Einfall von Emma gewesen sein. Beide kauften seit frühes-
ter Jugend ihres Zwillingsdaseins nicht gern allein ein, und es kam
zuweilen vor, dass sie – eigentlich völlig unbeabsichtigt – doch die
gleichen Kleidungsstücke erwarben. Das Praktische daran war, dass
nur eine von ihnen etwas anprobieren musste. Sie waren einander so
ähnlich, dass man eigentlich schon eher sagen musste, sie waren
identisch. Das einzige Unterscheidungsmerkmal war Emmas Leberfleck auf der linken Wange, der gelegentlich neidvoll mit kosmeti-
schen Mitteln von ihrer Schwester Anna kopiert wurde.
Sie hatten einige Kaufhäuser durchstreift und unter anderem bei
Baumann & Co. nach einem neuen Kostüm (bzw. zwei neuen
Kostümen) Ausschau gehalten, die ihre bisherigen, mittlerweile zur
lokalen Berühmtheit aufgestiegenen, beigen Kostüme mit schwar-
zem Hahnentritt-Muster ablösen sollten. Doch Baumann & Co.
hatte nichts Gescheiteres als Hahnentritt zu bieten gehabt. Also
waren sie weiter umhergestreift und hatten sich in einem Anfall von
modischem Leichtsinn in einigen etwas billigeren Häusern ein paar
Klamotten zugelegt, die eigentlich eher den siebziger Jahren zuzurechnen gewesen wären und darüber hinaus auch einem etwas jün-
geren Alter als 47 Jahre. Zusammen waren sie natürlich schon 94
Jahre alt, aber nur im mathematischen Sinn. Gefühlsmäßig hatten

beide Damen sich noch nicht von ihrer Jugend verabschiedet. Und von ihren Jugendsünden erst recht nicht.

So lagerte ihre Jagdbeute, die z.B. aus Schlaghosen und sehr rüschigen, bunten Blusen bestand, in zahlreichen Plastiktüten neben dem Biedermeier-Sofa, auf dem sie gerade einträchtig nebeneinander saßen.

„Klasse Kaffee", zitierte Anna einen Werbespruch aus dem Fernsehen.

Emma stimmte ihr nickend zu. Sie war gerade dabei, ein Stückchen von ihrer Sachertorte mit Hilfe der zierlichen Gabel in Richtung Mund zu dirigieren. Nachdem sie genießerisch mit geschlossenen Augen den Kau- und Schluckvorgang beendet hatte, sagte sie:

„Ich hätte eigentlich mal wieder Lust auf einen kleinen Trip nach Ginsberg. War doch echt nett da. Besonders die Siegesfeier in der Bank. Kannst du dich noch erinnern?"

Natürlich konnte Anna sich noch erinnern. Ihre Schwester hatte ihr ja geradezu triumphierend am nächsten Tag von ihrer großen Eroberung, einer Bankangestellten namens Ragna Pliczek, berichtet, bei und mit der sie die Nacht verbracht hatte.

Annas eigener Star jenes Abends, mit dem sie eine halbe Stunde schmusenderweise in einem ungemütlichen Büroraum verbracht hatte, hatte ihr noch nicht einmal ihren Namen verraten, als deren Ehegatte auf ihrem blöden Handy anrief und ihr mitteilte, dass eines der vier Kinder plötzlich krank geworden wäre und sie stante pede bitte sofort nach Hause kommen müsste, worauf sie ihre bisher abgelegte Kleidung genauso eilig wieder anlegte und grußlos entschwand. Anna hatte daraufhin ihren Kummer in zahlreichen leckeren Stadtsparkassen-Cocktails ertränkt. So blieb sie in Annas Erinnerung, die durchaus zärtlichen, wenn nicht gar sehnsüchtigen Charakter hatte, nur „die Stadtsparkassenfrau in Ginsberg".

„Ja, natürlich erinnere ich mich, was denkst du denn," antwortete sie schließlich, „aber du hast ja wohl einen Grund mehr als ich, nach Ginsberg zu fahren."

Da war es wieder, das alte zwillingsschwesterliche Konkurrenzdenken.

Emma merkte jetzt erst, dass sie in ein emotionales Fettnäpfchen gestapft war. Sie beschloss, das Thema zu wechseln:

„Du kennst dich doch gut mit Musik aus. Ich habe da heute ein Stück gehört, und ich komm' einfach nicht darauf, von wem es ist. Es war damals ganz bekannt."

Unter „damals" verstanden beide gewöhnlich die letzten drei Jahre auf dem Gymnasium in Wilhelmshaven.

„Weißt du denn wenigstens, wie der Titel ist? Oder muss ich das jetzt auch raten?", fragte Anna.

„Na klar, es war *You gave me a call,* war ein super Song damals."

Annas Musik-Gedächtnis spulte einige Jahrzehnte zurück, doch dann hatte sie die Antwort:

„Die *Spiders.* Na klar, das ist doch von den Spiders. Aus Hannover. Die hatten doch diesen ganz tollen Gitarristen, Ron Hargens, nee, Ronald oder Roland Hargens."

„Natürlich!", sagte Emma. „Dass ich nicht gleich darauf gekommen bin. Ich hab' immer an irgendwelche Engländer oder Amis gedacht. Wer denkt denn schon an Hannover!"

„Du, da fällt mir was ein. Da stand doch neulich was im *Weser-Kurier* über die Spiders. Ich glaub', das war am Sonnabend."

Anna war aufgestanden und ging zum Kuchenbuffet.

Sie kehrte nach einigen Minuten mit der letzten Wochenendausgabe des „Weser-Kuriers" zurück.

Emma hatte mittlerweile ihre Zigarette zu Ende gedreht und sie in Rauchbetrieb genommen.

Die Schwestern teilten sich die Zeitung und blätterten eifrig. Doch weder unter „Kultur", noch unter „Regionales" oder „Aus aller Welt" war etwas zu finden.

„Bist du ganz sicher?", fragte Emma, eine Frage, die Annas Spürsinn doppelt herausforderte.

Schließlich fand sie eine Anzeige:

„Hier!", triumphierte Anna. „Ich hab's doch gewusst!"

„Geil!", jubelte Emma so laut, dass einige andere Gäste des Cafés Tälke missbilligend von ihren Kaffeetassen aufblickten.

„Da müssen wir ja unbedingt hin!"

Es war bei Emma und Anna nicht unüblich, dass sie die andere mit einer Entscheidung quasi vereinnahmten. Anna war aber durchaus nicht uninteressiert. Sie kicherten wie die Teenager. Die Spiders waren mal so etwas wie ihre musikalischen Lieblinge gewesen, und sie hatten als einzige männliche Gruppe die Ehre gehabt, die Wände des gemeinsamen Zimmers im elterlichen Haus in Wilhelmshaven zu schmücken. Ihre Eltern hatten sogar eine Zeitlang gehofft, dass die Mädels sich nicht nur in musikalischer Richtung wieder etwas umorientieren würden.

„Also abgemacht, Freitag nach Cloppenburg. Ausgerechnet zu den Becloppten, aber egal. Hauptsache, Spiders. Bin gespannt, wie der Ronny heute aussieht", sagte Anna.

Und sie besprachen noch weitere Einzelheiten ihrer Expedition nach Cloppenburg, wobei die Frage des Outfits einen größeren Raum einnahm. Wozu hatten sie denn die neuen Klamotten? Und man würde vielleicht mal wieder ein bisschen auffallen. Also dann bis Freitag!

10. Kapitel

Benno wachte um genau acht Uhr morgens auf. Sein Schädel enthielt ein leichtes Grunddröhnen, das einerseits durch die Überreste der radikalen Mischung von Whisky und Bier vom letzten Abend herrührte, andererseits von dem Geräusch des Presslufthammers auf einer Baustelle ganz in der Nähe, vermutlich sogar im Zimmer nebenan. Es war immerhin hell. Er hob den Kopf und versuchte sich zu orientieren. Richtig, er lag in Zimmer 33 des *Leine-Hotels* in Hannover. Und eigentlich war er jetzt nicht mehr Benno Jenssen, sondern Ben Snoop, Privatdetektiv aus Los Angeles.

Ben musste sich erst einmal an sich selbst gewöhnen. Sein momentanes Unwohlsein hatte sicher etwas mit dem Jetlag zu tun. Den Zeitunterschied zwischen Hannover und L.A. schob er beiseite, er hatte auch keine Rolle gespielt, als Benno ihn plötzlich aus der Oper herausgeholt hatte. Es gab zwar einen Zeitunterschied zwischen Kalifornien und Niedersachsen, aber keinen zwischen Benno und Ben. Fertig, aus.

Ben ging unter die Dusche und beklagte sich anschließend darüber, dass in diesem Hotel keine Bademäntel für die Gäste bereit lagen. Das war ja dieser typisch deutsche miese Service, undenkbar in seiner Heimat.

Dann legte er Bennos Kleidung an, eine etwas ausgebeulte dunkelbraune Baumwollhose, einen schwarzen Rollkragenpullover und eine Tweedjacke mit sehr geräumigen Taschen. Die Unterwäsche war zwar nicht ganz nach seinem Geschmack, aber immerhin trug Benno geräumige Boxershorts. Und er hatte zum Glück wenigstens an frische Socken gedacht.

Leider war Bens dunkelblauer Anzug vom gestrigen Abend verschwunden. Schade. Und damit natürlich auch seine ganzen Papiere. Benno musste zunächst aushelfen, Ben würde sich schon neue Papiere zu besorgen wissen.

Er ging hinunter in den Frühstücksraum und freute sich auf einen Haufen Pfannkuchen mit Butter und Ahornsirup oder vielleicht ein paar Scrambled Eggs.

Umso enttäuschter war er, als er den ziemlich engen Frühstücksraum mit einem „Guten Morgen", dem man kaum den amerikanischen Akzent anmerken konnte, betrat. Der Raum war ungefähr dreißig Quadratmeter groß, barg aber trotzdem eine unglaublich große Menge an Tischen und Stühlen, die allerdings so eng beieinander standen, dass der Gast befürchten musste, bei einer ungeschickten Ellbogenbewegung in der Butter des Nebentisches zu landen.

In dem Frühstücksraum saßen etwa zehn einzelne Personen an ebenso einzelnen Tischen verteilt. Ben hätte jetzt gern ein paar Worte mit einem Landsmann gewechselt, er sah aber niemanden, der auch nur entfernt wie ein Amerikaner aussah, wobei er nicht hätte definieren können, welche Äußerlichkeiten diejenige Person als Landsmann oder -frau enttarnt hätten.

Die anderen Herrschaften schienen allesamt Handelsvertreter oder so etwas Ähnliches zu sein. Und es waren ausschließlich Männer. Halt, nein, dahinten am Fenster, das war ja wohl eindeutig eine Frau. Aber diese wirkte auch relativ männlich.

Ben hatte ganz andere Vorstellungen von einem deutschen Fräulein. Schließlich setzte er sich an einen freien Tisch, was nicht ganz leicht war, denn er musste mit unangenehmen Geräuschen einige Stühle in der Nachbarschaft verrücken, bis es ihm quasi mit der Schuhanziehermethode endlich gelang, seinen Hosenboden auf dem harten Frühstücksraumgestühl zu plazieren oder zu platzieren, er war mit der Rechtschreibreform in Deutschland noch nicht so ganz vertraut.

Eine junge Mexikanerin, nein, das war wohl doch eine Türkin, fragte ihn nach seinen Wünschen hinsichtlich Kaffee oder Tee. Ben entschied sich für Kaffee.

Es wurden ihm leider keine Pancakes gebracht, sondern Brötchen und verschiedene Brotsorten, von denen einige sehr dunkel waren.

Ben ließ es sich trotzdem schmecken, und er fand auch die verschiedenen Wurstsorten auf dem kleinen Teller vor ihm ganz annehmbar.

Allmählich gewöhnte er sich an dieses merkwürdige Hannover.

Nach dem Frühstück hätte er gerne eine Lucky Strike geraucht, man durfte in diesem Raum rauchen, das war ja wunderbar, in L.A. wäre man in solch einer Situation erschossen worden, wenn man auch nur gewagt hätte, einen kalten Glimmstengel zwischen die Lippen zu klemmen.

Natürlich waren in Bennos Jackentasche keine Luckies.

Ben musste sich mit Bennos Mittwochspfeife begnügen, die er wohl schon vorsorglich in die Jackentasche getan hatte.

So ließ es sich aber doch aushalten.

Ben genoss den Rauch von Bennos Pfeife und entschied sich dafür, dass er während seines Aufenthaltes im alten Europa dabei bleiben würde.

Ein paar andere Dinge fehlten ihm noch. Aber die würde dieser, wie hieß er noch, Dankwart Siebelt ihm sicher verschaffen können. Er nahm das Notizbuch, das er in der Innentasche der Jacke gefunden hatte, heraus und stellte eine Liste von Dingen zusammen, für die er in den nächsten Tagen Bedarf haben würde.

Nach dem Frühstück ging er hinüber zum „K & S-Tower", wo er sich zunächst bei Dankwart Siebelts neuer Sekretärin Katrin Gerbert, die seinem deutschen Fräulein-Bild schon mehr entsprach, anmeldete. Er sei Ben Snoop aus L.A., und Mr. Siebelt wisse schon Bescheid.

„Hallo, Benno!", sagte dieser, als Ben Snoop den Büroraum des K & S-Chefs betrat.

„Sorry, ich bin Ben, Ben Snoop aus Los Angeles."

Dankwart schaltete schnell.

„Okay, Mr. Snoop. English or Deutsch?", fragte er mit leichtem Grinsen.

„Sprechen Sie ruhig deutsch mit mir, meine Mutter kommt aus Frankfurt, und ich bin mit beiden Sprachen groß geworden."

Dankwart Siebelt war beeindruckt, wie schnell Benno, pardon, Ben seine Rolle angenommen hatte, die er offensichtlich für seine Ermittlungen im Fall Hargens brauchte.

Ben überreichte Dankwart seine Liste, die nicht wenig umfangreich war.

Dankwart ging die Liste durch, wobei sich an einigen Stellen seine Stirnfalten stark kräuselten.

„Hmm, amerikanisch wirkende Klamotten, kein Problem, unauffälliger Mietwagen, auch kein Thema, Visitenkarten in U.S.-Papierformat, können wir selbst herstellen, Pass und Führerschein, oh, das dauert ein paar Stunden, wenn's wirklich gut sein soll, ich meine, wenn *Sie* nicht sofort bei der nächsten Polizeikontrolle auffliegen wollen. Flugticket mit Abflugdatum vom letzten Samstag, L.A. – Frankfurt, das dauert auch ein bisschen länger. Okay, und

Ihre Daten für den Pass haben *Sie* auch hier. Wir haben auch noch ein ziemlich gutes Foto von *Ihnen*, sorry, von Benno Jenssen, in unserer Kartei. Können wir benutzen. Gut."

Dankwart hatte sich, mit der Liste in der Hand, mittlerweile erhoben und ging hinüber zu Katrin Gerbert. Man hörte das Summen des Fotokopierers.

Dann kam Dankwart zurück.

„Wie wär's noch mit einem Kaffee, Ben? Und dann können *Sie* …" – er zwinkerte mit den Augen – „ … mir vielleicht mal etwas über *Ihre* Taktik erzählen."

„Let's say *du*."

Und Benno, nein, man musste sich halt dran gewöhnen, Ben erklärte Dankwart, wie er sich den Ablauf der weiteren Ermittlungen ungefähr vorgestellt hatte.

11. Kapitel

Dankwart hatte Ben vorgeschlagen, dass er die Zeit, während er auf seine neuen Papiere wartete, doch ruhig in Sinowskys Büro verbringen könnte. Katrin Gerbert war derweilen zu einer kleinen Druckerei in der Nähe geschickt worden, deren Inhaber sich gelegentlich dadurch ein Zubrot verdiente, indem er für Dankwart Siebelt nahezu perfekte Pässe, Ausweise oder sonstige Papiere verfertigte. Der Name des begabten Druckers wurde auch bei „K & S" nicht erwähnt, man sprach höchstens von „unserem Mann in der Druckerei", was etwas an „unser Mann in Moskau" erinnerte. „Unser Mann" hatte bisher immer gute Arbeit geliefert, die natürlich auch ihren Preis hatte. Die *Hannoversche Feuer- und Sach* würde sich auf einige Spesen gefasst machen müssen.

Ben setzte sich auf Sinowskys Schreibtischstuhl und ließ den Blick schweifen. Die künstlerische Gestaltung dieses Raumes verriet eine gewisse Vorliebe für das weibliche Geschlecht seitens des Inhabers, denn neben dem Playboy-Kalender waren noch zahlreiche ähnliche Werke an den Wänden vorhanden. Ben ließ seinen interessierten Blick eine Weile auf „Miss Mai" verweilen.

Er holte Bennos Mittwochspfeife aus der Jackentasche und stopfte sie mit dem Tabak, der sich ebenfalls in dieser Tasche befand. Kein Wunder, dass die Jacke einen so entsetzlich ausgebeulten Eindruck machte.

Dann entdeckte er auf einem Tisch am Fenster eine kleine Musikanlage mit ein paar CDs der „Spiders". Gehörte wohl zu Sinowskys Ermittlungen.

Warum nicht mal reinhören?

Ben legte eine der CDs ein und war gespannt auf das erste Stück des Albums. Hmm, gar nicht schlecht. Klang irgendwie ganz schön knackig. *September Day* hieß das Stück. Ben brach es ab und hörte noch kurz in zahlreiche weitere Titel hinein, während er sich jeweils ein paar Notizen machte. *Rose Fire*, was sollte das denn bloß bedeuten, war mal wieder typisch für das, was Deutsche unter Englisch verstanden. Aber die Gitarre, die Gitarre klang verdammt gut. *Forget You Soon* war allerdings grauenhaft, das war schon keine B-Seite mehr, das war schon eher C-Seite. Das war ja ein völlig falscher

Beat, der Drummer musste bei der Aufnahme wohl besoffen oder bekifft gewesen sein. Dass die Produktionsfirma so was hatte durchgehen lassen!

Ben legte eine andere CD ein und spielte die meisten Titel wiederum nur kurz an. Sicher, schlecht waren diese Spiders gewiss nicht, trotzdem fehlte etwas, der letzte Kick sozusagen.

Halt, was war *das* denn?

Dieses Stück kannte Ben. Es war ein internationaler Hit gewesen, das war natürlich schon sehr lange her, musste irgendwann in den siebziger Jahren gewesen sein. Super!

You gave me a call, you gave me a call last night ...

Na, das war schon klasse. Und von den Spiders selbst geschrieben. Also hatten die damals ganz schön was drauf. Sehr stark war wieder das Gitarrensolo von Ronald Hargens, wirklich sehr ausdrucksvoll, beinahe unnachahmlich.

Ben war schon etwas beeindruckt, dieser Mann, der so eine Art Gegner sein würde, war zweifellos ein Könner auf seinem Gebiet.

Aber Ben war ja auch ein Könner auf *seinem* Gebiet.

Er untersuchte die CD-Hüllen und fand heraus, welche Firma die Gruppe produziert hatte. Es war mal wieder so ein Phantasiename, wie ihn sich die Deutschen eben so einfallen ließen, „Last Exit Productions". Aber die Produktionsfirma war immerhin auch in Hannover. Es gab sie hoffentlich noch. Und ebenso hoffentlich produzierte sie immer noch Ronald Hargens und Konsorten.

Ein Ortsgespräch. So was senkte doch die Spesenkosten.

Ben schaute ins Telefonbuch und fand sehr schnell die Nummer von „Last Exit Productions".

Nach kurzer Zeit meldete sich die professionell klingende Stimme einer Dame zwischen 20 und 60.

Ben sprach mit etwas stärkerem amerikanischen Akzent als gewöhnlich, denn Benno hatte ihm einmal verraten, dass so etwas in Deutschland Eindruck machte und Tor und Tür, gelegentlich sogar die Schlafzimmertür, öffnete.

Ben stellte sich als Ben Snoop, *Consulting Manager* bei der *Griffith Park Media Inc.* aus Los Angeles vor. Er wäre ein, zwei Tage in Deutschland und würde gern mit Ronald Hargens Kontakt aufnehmen, der ihm sehr empfohlen worden war.

Die Dame, die offensichtlich darüber erfreut war, dass sie ihr niedersächsisches Schulenglisch nicht missbrauchen musste, sondern mit dem freundlichen Herrn am anderen Ende der Leitung in ihrer Muttersprache parlieren durfte, bedauerte:

„Das tut mir sehr Leid, aber die *Spiders* sind nicht mehr bei uns unter Vertrag. Herr Hargens auch nicht. Soweit ich weiß, produziert er jetzt selbst. Oder er *hat* zumindest ...“

„Verstehen Sie, es ist wirklich sehr dringend für mich, und ich habe keine Adresse oder Telefonnummer von ihm, Sie sind eigentlich die einzige Chance, ich hatte gehofft, dass ich ihn über Ihre Firma erreichen könnte ...“

Die Dame bewegte etwas in ihrem Herzen hin und her. Einerseits hatte ihr Chef ihr aufgetragen, den Namen Ronald Hargens nicht mehr zu erwähnen und auch alle Personen, die nach ihm fragten, eiskalt abblitzen zu lassen. Andererseits hatte sie 1983 mit Ronny ..., aber, lassen wir das. Kurz und gut, er bedeutete ihr immer noch etwas, und sei es als Überbleibsel einer romantischen Erinnerung. Dieser Mr. Snoop hatte ja sicher etwas Geschäftliches mit Ronny zu besprechen, und vielleicht fiele ja für ihn etwas ab dabei. Etwas Erfolg gönnte sie ihm schon wieder, und sei es nur um der alten Zeiten willen, zu deren Personal sie ja auch gehört hatte.

Also gab sie sich einen Stoß und sprach:

„Okay, Mr. Snoop, aber sagen Sie bitte keinem, dass Sie das von mir haben ...“

Und sie gab Ben nicht nur Ronald Hargens' Adresse (die er ja bereits kannte), sondern neben seiner Telefonnummer (es war natürlich eine Geheimnummer) sogar seine Top-Secret-Handynummer. Woher sie die wohl hatte? Na, egal, Hauptsache, sie stimmte überhaupt.

Ben setzte das Gespräch mit einem Lobgesang über Hannover und besonders die sehr freundlichen und hilfsbereiten Einwohner dieser niedersächsischen Metropole fort. Er hatte das Gefühl, dass die nette Dame von „Last Exit Productions“ nicht abgeneigt war, sich mit ihm zu verabreden. Bevor es zu weiteren fernmündlichen Annäherungen kam, beendete er das Gespräch.

Nun kam es darauf an, mit Ronald Hargens in Kontakt zu treten. Etwas nervös stand Ben auf und wanderte vor dem Schreibtisch hin und her. Dann ging er sich einen Kaffee holen. Er setzte sich wieder an den Schreibtisch und legte die Füße hoch, wie in seinem Büro in Los Angeles.

Dann wählte er Ronald Hargens' Nummer in Mardorf am Steinhuder Meer. Nichts. Er wartete fast zwei Minuten. Auch kein Anrufbeantworter. *Sehr* anonym, der Herr.

Die nächste Stufe war Ronald Hargens' Handynummer. Ob die Dame von „Last Exit Productions" ihm wirklich die richtige Nummer gegeben hatte oder ob sie ihn doch nur abwimmeln wollte? Gleich würde er es wissen. Ben beschloss, kein allzu gutes Deutsch bei seinem bevorstehenden Gespräch zu verwenden, damit machte man sich als Amerikaner nur verdächtig, ein paar Hilflosigkeiten würden hier und da eingestreut werden müssen, auf der anderen Seite dürfte man nicht so schlimm radebrechen, dass der andere auf Englisch umschalten würde. Und überhaupt: Vielleicht würde er Hargens auch auf seinem Handy nicht erreichen.

Ben war ziemlich aufgeregt, als er die Nummer wählte.

Ein Piepen, ein Rauschen, irgendwo im Hintergrund Fahrgeräusche.

„Ja, hallo?" Das war Ronald Hargens' Stimme, sie klang so ähnlich wie in *You gave me a call.*

„Ben Snoop am Telefon, Ben Snoop aus Los Angeles, California. Ich spreche mit Mr. Ronald Hargens?"

Hargens' Antwort klang schon eine Spur eifriger als sein eher müde wirkendes „Ja, hallo?"

„Ja, richtig, Ronald Hargens. Mr. Snoop, Sie rufen aus L.A. an? Sie sprechen sehr gut deutsch!"

Sehr schön, das hatte ja geklappt. Nun hatte Ben leichtes Spiel. Er erfuhr von Ronald Hargens, der im Verlauf des Gesprächs „Call me Ron" einfließen ließ, dass er gerade im Auto unterwegs wäre, auf dem Weg nach Cloppenburg in der Nähe von Bremen, wobei er „Bremen" mit einem amerikanisch rollenden R aussprach. Er hätte dort am Freitag einen Gig mit seiner alten Band, den „Spiders".

Ben ließ durchblicken, dass ihm die Spiders durchaus ein Begriff wären, im Übrigen würde er aber im Moment nicht aus L.A. anrufen, sondern aus Hannover, wobei er mit englischer Aussprache *Hanover* sagte. Außerdem: „Call me Ben".

Und so unterhielten Ben und Ron sich noch eine ganze Weile auf Spesenkosten. Im Verlauf des Gesprächs konnte Ben Ron den Eindruck vermitteln, dass er an einem Kontakt interessiert wäre, seine

Produktionsfirma „Griffith Park Media Inc." hätte vor, einige Alben mit hervorragenden internationalen Solisten aus der Rockszene zu produzieren, natürlich in L.A., und ob Ron überhaupt Interesse an einer möglichen Zusammenarbeit hätte, über die finanzielle Seite könnte man sicher noch reden.

Ben hatte den Eindruck, dass Ron an der finanziellen Seite der Angelegenheit ganz besonders großes Interesse hatte.

Nun ließ Ben erkennen, dass er nur ein, zwei Tage in Deutschland wäre. Ron schlug vor, dass sie sich doch heute Abend zum Essen treffen könnten. Allerdings könnte er wegen irgendeines logistischen Problems erst um 19.00 Uhr von Cloppenburg wieder abfahren. Ben erwiderte darauf, dass er ihm ja etwas entgegenfahren könnte, die Landschaft hier sei ja so reizvoll, und er hätte noch nicht so viel von Deutschland gesehen, obwohl er einmal in Frankfurt gewesen wäre, der Heimatstadt seiner Mutter, ja, er hätte eine deutsche Mutter und wäre in Amerika zweisprachig aufgewachsen, was damals noch eher ungewöhnlich war.

Ron schlug vor, man könnte sich doch um 20.00 Uhr in Verden an der Aller treffen, da gäbe es ein ausgezeichnetes mexikanisches Restaurant namens „Sancho Pansa". Ben notierte sich den Namen und erklärte sich einverstanden.

Man tauschte noch ein paar Höflichkeiten und Bemerkungen über das Wetter in Kalifornien und in Niedersachsen aus, dann beendeten sie ihr Gespräch.

„Sancho Pansa". Eigentlich stand Ben nicht so auf mexikanisches Essen. Davon hatte er schon reichlich in seiner Heimatstadt genossen. Aber es war wohl als eine Art Höflichkeitsgeste von Ronald Hargens zu verstehen, um dem Kalifornier kulinarisch etwas entgegenzukommen.

Verden an der Aller, warum nicht?

Es gab allerdings noch einige Vorbereitungen zu treffen.

12. Kapitel

Die Vorbereitungen bestanden zunächst darin, den Magen für die bevorstehenden Ereignisse zu trainieren. Ben Snoop beschloss, sich selbst und der gesamten Belegschaft von „K & S", die im Moment allerdings nur aus Dankwart Siebelt und der Sekretärin Katrin Gerbert bestand, einen kleinen Mittagsimbiss auszugeben. Er meldete sich kurz bei Dankwart ab, dann fuhr er mit dem Fahrstuhl nach unten und begab sich in einen Imbiss in der Nähe, der ihnen schon früher oft als Futterstation gedient hatte. Er nahm an, dass eine Runde Currywurst mit Pommes frites willkommen wäre. Für den Chef und sich selbst wählte er Cola als Getränk, die Sekretärin schätzte er eher als eine Konsumentin von Mineralwasser ein.

Mit einer wohlriechenden Plastiktüte bepackt, betrat er um genau 12.47 Uhr wieder die Räumlichkeiten von „K & S". Man war erfreut über das kleine Mittagessen, auch Katrin Gerbert lehnte die rustikalen Speisen nicht ab, konnte sich aber einen kleinen Hinweis auf irgendeine Diät, die sie gerade machte, nicht verkneifen. Sie hatte mittlerweile Bens Papiere besorgt, er wagte sie jedoch nicht mit fettigen Fingern zu berühren, obwohl ihnen das sicher einen höheren Grad von Authentizität verliehen hätte.

„Nicht schlecht, unser Wurstmaxe", sprach Dankwart zufrieden. Sie saßen gemeinsam an dem kleinen Tisch in Dankwarts „Sitzgruppe" und ließen es sich schmecken. Katrin Gerbert, vom Chef beim Vornamen genannt und kollegial geduzt, war offensichtlich über alles orientiert, was im Hause K & S geschah. Sie gab Ben noch ein paar Tipps hinsichtlich eines Mietwagens und dem Einkauf einiger amerikanisch wirkender Klamotten.

Nachdem er sich akribisch die Hände gewaschen hatte, besichtigte Ben seine neuen Papiere. Der Pass und der Führerschein wirkten äußerst überzeugend. Auch mit seinen Visitenkarten war er durchaus einverstanden:

```
Ben E. Snoop
Management Consultant
Griffith Park Media Inc.
269 Franklin Ave.
Los Angeles, CA.
```

Sie hatten auf eine Telefonnummer verzichtet, um zu verhindern, dass jemand allzu leicht auf den abwegigen Gedanken käme, vielleicht bei Bens nicht existierender Firma anzurufen.

Ben unterrichtete sie über das Gespräch mit Ronald Hargens und die groben Züge seines möglichen weiteren Vorgehens.

Dankwart stattete Ben noch mit einem nicht ganz unwesentlichen Barbetrag aus, zur Deckung der Spesenkosten. Allerdings verlangte er, Benno, pardon, Ben würde das ja noch kennen, eine spätere akribische Spesenabrechnung mit zwei Kopien.

„Also, ich wünsch' dir Glück, du packst das schon. Wenn irgendwas schief läuft, rufst du mich sofort an. Ansonsten telefonieren wir nur im Notfall."

Ben verabschiedete sich, auch von Katrin, die er mittlerweile auch duzte. *Ganz nett, die Biene. Allerdings keine Konkurrenz für Iris.*

Ben ging noch einmal rüber ins Leine-Hotel, machte sich etwas frisch und ordnete seine Sachen. Dann rief er ein Taxi.

Bei der Autovermietung „Euro-Businesscar" war er schon avisiert worden. Ein junger, sehr eifrig wirkender Mann namens Flach *(auch kein besonders attraktiver Name)* zeigte ihm ein paar schöne, ziemlich teuer wirkende Fahrzeuge. Mit einem 700-er BMW oder einer Mercedes S-Klasse wollte Ben jedoch nicht unbedingt bei Ronald Hargens auftrumpfen. Schließlich entschied er sich für einen Volvo 850 Kombi, der schon etwas älter war. Nachdem er alle möglichen Papiere ausgefüllt hatte und auch sein amerikanischer Führerschein dem jungen Herrn Flach, den Ben sofort insgeheim in „Flachmann" umgetauft hatte, kein Kopfzerbrechen bereitete, nahm er die Autoschlüssel in Empfang und fuhr vorsichtig vom Hof. Der Wagen hatte ein Automatikgetriebe, aber das war für Ben als amerikanischer Staatsbürger natürlich nichts Ungewöhnliches.

Langsam rollte er durch den frühnachmittäglichen Hannoveraner Stadtverkehr.

Er fand ein Kaufhaus mit einem einigermaßen Vertrauen erweckenden Parkhaus, in dem er seinen großen Schlitten ohne große Parkmühe abstellen konnte. Dann begab er sich auf einen kleinen Einkaufsbummel.

Ben wollte auch bei der Kleidung nicht zu dick auftragen. Trotzdem konnte er es sich nicht verkneifen, eine äußerst geschmacklose großkarierte Golfhose zu kaufen. Zum Ausgleich wählte er noch einen eher unauffälligen sandfarbenen Blazer und ein hellgrünes Polohemd, obwohl er Polohemden nahezu verabscheute.

Ben betrachtete sich im Spiegel. Er fand sein Outfit ziemlich scheußlich, aber in L.A. würde ihn niemand für einen Ausländer halten.

Ben ließ sich Bennos alte Sachen einpacken, zahlte bar an Kasse 17 und ging noch auf einen Kaffee in die Cafeteria. Dann fiel ihm ein, dass er noch reichlich Zeit hatte, und er beschloss, ein paar Anrufe mit dem Handy zu machen, da niemand in seiner unmittelbaren Nähe war. Zunächst fiel ihm ein, es mal wieder bei Iris zu versuchen. Es war kurz nach drei, da könnte er es einmal in der Kanzlei Dr. Eisenhuth in Ginsberg versuchen. Er wartete, aber es meldete sich niemand. Vielleicht war sie ja unterwegs, irgendwelche Besorgungen für Eisenhuth machen, zur Post oder sonst etwas. Er beschloss, es später noch einmal zu versuchen.

Dann wählte er Sinowskys Nummer im Krankenhaus.

„Hallo, Benno, das ist ja nett, dass du dich mal hören lässt. Wie weit bist du denn mit unserem Freund Ronald?"

„Hallo, Sinowsky, leider noch nicht sehr weit. Ich hab' den Fisch an der Angel, aber erstmal muss ich Leine geben. Heute Abend treff' ich mich mit ihm. Er hält mich für einen großen Macker aus Los Angeles, der ihm einen Job verpassen will. Hoffentlich löchert er mich nicht mir irgendwelchen musikalischen Fragen, von denen ich keine Ahnung hab'", sagte Ben, der im Moment eigentlich eher wieder Benno war.

„Also," meinte Sinowsky, „so eitel, wie der Hargens ist, das ist ja bekannt, redet der sowieso nur über sich selbst. Lass' ihn einfach labern, und er denkt, das war eine super Unterhaltung. Ich kenn' solche Typen zur Genüge. Die findest du überall, aber bei den Musikern sind sie ganz besonders verbreitet. Schau' nur, dass du dich irgendwie an ihn ranhängen kannst, damit wir mit der Gitarren-Sache weiterkommen."

Das war Ben oder Benno durchaus klar, und eigentlich wollte er sich von Sinowsky jetzt nicht belehren lassen. Er wechselte das Thema: „Und bei dir, läuft alles? Was macht das Liebesleben?"

„Oh, hör' mir auf mit dem Liebesleben. Da hat doch eine von den andern Schwestern gemerkt, dass ich was mit der Gundula hab'. Ich kann dir sagen, die war vielleicht giftig auf Sinowsky! Hat mir gleich 'nen Einlauf verpasst, aber im wahrsten Sinne des Wortes. Bei der bin ich untendurch. Muss wohl mal 'n paar Pralinen springen lassen oder so ähnlich."

Ben wünschte Sinowsky noch weiterhin gute Besserung und ein glückliches Händchen bei der Auswahl seiner Schwestern. Er würde demnächst mal wieder bei ihm vorbeikommen und dann mal schauen, wer dann die Favoritin im Harem von „Frauen IV" wäre.

Ben sagte Goodbye zu Sinowsky und begab sich in die Buchabteilung des Kaufhauses. Er musste noch eine Straßenkarte erwerben und ein paar amerikanische Zeitungen und Zeitschriften für den Rücksitz seines Volvos.

Ganz gemütlich und entspannt würde er sich demnächst auf den Weg nach Verden an der Aller machen.

13. Kapitel

Ronald und Micky waren seit dem frühen Morgen pausenlos am Ackern. Zunächst hatten sie in Mardorf die Instrumente, Verstärker und Lautsprecher auf den Lastzug verladen, den Micky in Hannover gemietet hatte. Zum Glück hatte er „Klasse 2" und war früher sogar einige Male in den Semesterferien (er hatte drei Semester Kunstgeschichte studiert, bis die Musik ihn endgültig übermannt hatte) für eine Speditionsfirma gefahren. Für Roadies, die ihnen solche groben Arbeiten abnehmen würden, war im Moment absolut kein Geld vorhanden. Die Ausgaben, die die Spiders in der nächsten Zeit machen müssten, bereiteten besonders Ronald Hargens starkes Kopfzerbrechen.

Er hatte so eine Art Clubtour geplant, allerdings nicht wirklich in kleinen Clubs mit drei- oder vierhundert Gästen, sondern in kleineren Hallen kreuz und quer in Niedersachsen. Cloppenburg würde den Anfang machen, dann würden einige weitere Orte dieser Größenordnung folgen. Es war und blieb ein Risiko. Ohne Bestuhlung würde die Stadthalle Cloppenburg 2.500 Plätze bieten, ab 1.500 wären sie in der Gewinnzone. Es galt, die Tourkosten so niedrig wie möglich zu halten. So würden sie auch nicht nach dem Gig in Cloppenburg in einem teuren Hotel (falls es in diesem Ort überhaupt so etwas gab, Ronald hatte da gewisse Zweifel) übernachten, sondern gemeinsam nach Mardorf zu einer kleinen After-Show-Party fahren. Da die Halle einige Tage frei war, hatte Ronald mit dem Geschäftsführer vereinbaren können, dass der Aufbau schon am Mittwoch, also heute, stattfinden könnte.

Eine gemietete Saalverstärkeranlage war auch schon angeliefert worden. Etwas voll Professionelles war aus Kostengründen auch hier nicht drin, ein Bekannter von Micky würde aber am Freitag den Ton regeln. Hoffentlich verstand er auch etwas davon.

Nach ungefähr drei Stunden hatten Micky und Ronald alles auf der Bühne aufgebaut. Dieter, Onno und Richard bräuchten sich am Freitag nur ins gemachte Soundbett zu legen.

Micky probierte etwas an der Saalverstärkeranlage herum, und sie checkten ein wenig den Sound, waren aber nicht ganz zufrieden damit. Allerdings wussten sie aus Erfahrung, dass der Sound in einem vollen Saal ganz anders wirken würde. Wenn der Saal denn voll werden würde ...

Sie hatten schon alles auf eine Karte gesetzt, indem Ronald eine Werbeagentur beauftragt hatte, ganz Cloppenburg und alle Dörfer im Umkreis von 50 Kilometern mit Plakaten geradezu zuzupflastern. Außerdem hatten sie große Anzeigen in allen wesentlichen nordniedersächsischen Tageszeitungen laufen. Bei den verschiedenen Rundfunksendern waren Ankündigungen lanciert worden, und Ronalds Homepage *www.spiders.com* wies schon seit Wochen auf das bevorstehende große Ereignis hin. Leider hatten in der letzten Woche nur 48 Personen Ronalds Homepage besucht, aber er versuchte diese Tatsache zu verdrängen.

Während des Aufbaus hatte sie der Geschäftsführer der „Stadthalle Cloppenburg" wegen der Vorauszahlung auf die Saalmiete genervt, Ronald hatte ihm versichert, dass er den Betrag schon überwiesen hätte. Die Wahrheit sah etwas anders aus: Ronald hatte zwar den Überweisungsträger bei seiner Bank abgegeben, aber er wusste, dass er sein Konto bereits bis zur Sollbruchstelle überzogen hatte und dass die Bank im Moment sicher nichts mehr für ihn tun würde. Außer ein paar hundert Euro Bargeld hatte er augenblicklich nichts mehr in die Suppe zu brocken.

Natürlich müssten noch die Ticket- und Security-Leute bezahlt werden. Lieber nicht daran denken.

„Okay so, Micky!", rief Ronald, der mit einer Gretsch-Gitarre auf der Bühne stand, während Micky den Sound abzuregeln versuchte. Ronald knurrte bedenklich der Magen. Er beruhigte ihn mit einem Bier. Heute Abend würde er ja diesen Ben zum Essen treffen, und da könnte er seine Gedärme mal wieder richtig auffüllen. Hoffentlich würde Ben zahlen, der wollte doch etwas von ihm. Aber *was* denn eigentlich?

Ronald hatte sich ausgemalt, dass Ben ihm zu einer neuen Karriere als internationaler Studiomusiker verhelfen würde. Vielleicht würde er dann nach L.A. ziehen oder nach Sausalito. Jedenfalls weg von hier, wenn es hier nicht mehr klappte.

Vielleicht war das mit dem Spiders-Revival nur eine Schnapsidee gewesen, und kein Mensch würde sich mehr für sie interessieren. Kein Mensch mehr? Vorstellen konnte Ronald sich das eigentlich nicht. Ihre Musik war früher unglaublich gut angekommen, und er fand, dass sie sich im Verhältnis zu früher musikalisch sogar noch gesteigert hatten. Von sich selbst konnte er das guten Gewissens sagen. Und die Musik, das war doch die Hauptsache. Die Musik, das war doch sein Leben.

Ronald und Micky waren fertig mit dem Aufbau und mit dem Soundcheck. Jetzt noch ein kleiner Drink zur Entspannung. Und nachher würde er nach Verden an der Aller fahren und mal sehen, was mit diesem Ben Snoop los war.

„Was hast du, Ron?", fragte Micky.

„Ach, nichts."

14. Kapitel

Es war bereits zehn nach acht, als Ben Snoop die Türklinke des Lokals „Sancho Pansa" in Verden an der Aller herunterdrückte und sich zunächst in einem kleinen Vorraum, einer Art Windfang, befand, der von den übrigen Räumlichkeiten durch einen Vorhang aus sehr schwerem, dunkelbraunem Stoff getrennt war. Ben hatte sich mit Absicht verspätet, er wollte sich Ronald Hargens gegenüber nicht als übereifrig auszeichnen und schon gar nicht den Eindruck erwecken, dass dieser deutsche Musiker in dem Spiel, das folgen sollte, die Karten ausgeben würde.

Er hatte sich mit seinem Volvo sehr langsam Verden genähert, auf einigen malerischen Landstraßen, die zum Teil durch sehr hübsche Dörfer mit den typischen niedersächsischen Bauernhäusern geführt hatten. Hätte er eine Kamera dabei gehabt, wäre er sicher des Öfteren angehalten, um ein paar Aufnahmen zu machen, die er dann später seinen Freunden in L.A. zeigen könnte. Das also war das alte Europa.

Ben fragte sich, ob Ronald Hargens vielleicht noch nicht da wäre. Vielleicht spielte er ja das gleiche Spiel mit ihm, nur nicht zeigen, dass man vom anderen etwas wollte, dass man selbst eigentlich in der Rolle des Bittstellers wäre.

Nun, das würde er im nächsten Augenblick feststellen. Wie „Ron" aussah, wusste er natürlich „von früher", von den Covern der CDs, die er in Sinowskys Büro in Augenschein genommen hatte, und natürlich auch von einigen neueren Fotos, die sein Kollege in seinen Unterlagen hatte.

Ben schob den Vorhang beiseite. Er fühlte sich etwas unwohl in seinem merkwürdigen Outfit. Besonders die karierte Golfhose schien ihm ein Blickfang für alle Augen der Gäste dieses Restaurants zu sein. Man blickte in der Tat auf, als er eintrat, aber nur für einen kurzen Moment.

Im Restaurant herrschte eine gedämpfte Atmosphäre. Es war halbdunkel, auf den Tischen brannten Kerzen. Im Hintergrund lief eine Musik, die auch das ungeübte Ohr sofort als „original mexikanisch" einordnen würde. Die meisten Tische waren besetzt. Benno blieb stehen und schaute sich um, um sich zu orientieren. Ein flachsblonder, etwas dicklicher Kellner in einer schwarzen Hose, weißem Rüschenhemd und knallbunter Weste kam lächelnd auf ihn zu.

„Ein Tisch, mein Herr?"

„Vielen Dank, ich bin hier verabredet mit Herrn Hargens", sagte Ben in einwandfreiem, völlig akzentlosem Hochdeutsch.

„Oh, ja, ich verstehe."

Der Kellner geleitete Ben zu einem Tisch in der Ecke, der offenbar der Top-Tisch des Restaurants war. Ben erkannte Ron, der ihm den Rücken zugewandt hatte und gerade die Karte studierte, sofort.

„Vielen Dank", sagte er zum Kellner, der sich daraufhin zunächst unauffällig entfernte.

„Sie müssen Ron sein", sagte Ben herzlich, mit einem Hauch von amerikanischem Akzent.

Ronald Hargens hatte sich beinahe erschrocken erhoben. Er legte seine Zigarette im Aschenbecher ab und reichte Ben die Hand.

„Hi, Ben. Nice to meet you. Hope you had no trouble in finding this place."

„Sprechen wir doch ruhig deutsch, ich bin froh, dass ich meine *Mutter*sprache hier gebrauchen kann!"

Er drückte Ronald Hargens kräftig die Hand und setzte sich ihm gegenüber an den Tisch. Auch Ronald hatte sich wieder gesetzt, wusste wohl aber nicht, ob er sich nun weiter mit seiner Zigarette beschäftigen sollte oder nicht.

Ben nahm aber demonstrativ seine Pfeife heraus und zündete sie an. Damit waren die Rauch-Fronten wohl geklärt. Erleichtert griff Ronald wieder zu seinem Glimmstengel.

„Nein," antwortete Ben auf die vorherige Frage, „das Lokal war nicht schwierig zu finden. Aber ich habe mich vorhin wohl etwas verfahren, weil die Landschaft hier so schön ist und meine ganze Aufmerksamkeit in Anspruch genommen hat."

Ben erzählte noch davon, was er in den letzten Tagen alles in Hannover gesehen hätte, er würde ja gar nicht verstehen, dass es Leute gäbe, die diese Stadt langweilig finden würden.

Ronald nickte verständnisvoll, sagte aber nichts. So mitteilungsfreudig, wie Sinowsky gemeint hatte, war dieser Typ wohl doch nicht. Während er weitere Einzelheiten der niedersächsischen Hauptstadt über den grünen Klee lobte, verarbeitete Ben in Gedanken den Eindruck, den Ronald Hargens auf ihn machte. Er wusste, dass er 52

Jahre alt war, er wirkte aber durchaus jünger, was zweifellos an seiner schlanken Figur und den immer noch langen, dunkelblonden Haaren lag, die sich nur im Bereich des Hinterkopfes langsam zu lichten schienen. Nur auf den zweiten Blick war zu erkennen, dass die Haare gefärbt waren. Ansonsten trug Ronald enge Jeans, ein schwarzes T-Shirt mit dem Logo irgendeiner Band und eine dunkelblaue Cordjeans-Jacke. Er wirkte etwas verschwitzt, als ob er einen langen, arbeitsreichen Tag hinter sich hätte.

Da Ronald immer noch nichts gesagt hatte, begann Ben zu erzählen, dass er vor ein paar Monaten ein paar ältere Aufnahmen von den Spiders gehört hätte und sich der Solo-Gitarrist in seinem Gehirn geradezu festgebissen hätte. Damit war natürlich Ronald selbst gemeint, was diesen augenscheinlich durchaus mit Stolz erfüllte. Ben erklärte, dass er im Moment in Europa einige Musiker aufsuchte, mit denen er gerne zu gegebener Zeit ein neues Projekt in L.A. starten würde. Es wäre so etwas wie eine Art All-Star-Gruppe à la *Traveling Wilburys*, die seien ihm doch sicher ein Begriff, seine Firma würde dieses Projekt gern produzieren, und er selbst hätte die Leitung der ganzen Sache. Es gäbe natürlich auch ausgezeichnete Musiker in den Staaten, aber die Europäer hätten so das gewisse Etwas, so wie Ron selbst es eben auch hätte. Es wäre im Grunde eine recht erfolgversprechende Angelegenheit, sicher auch in finanzieller Hinsicht. Man hätte ein oder zwei Alben im Auge und eine Tour durch alle großen Städte der USA. Als Ben die Sache der Finanzen angesprochen hatte, wurde Ron besonders aufmerksam. Während des Gesprächs hatte Ben seine Visitenkarte zu Ronald Hargens herübergereicht, die dieser interessiert musterte und dann sorgfältig in seiner Brieftasche verstaute.

Mittlerweile war der Kellner gekommen und hatte die Bestellung entgegengenommen. Ron und Ben stellten sich eine interessante Mischung aus Steaks, *Gurritos*, *Tacos*, *Guacemole Dip* und weiteren hoffentlich wohlschmeckenden Merkwürdigkeiten zusammen.

Allmählich wurde Ronald gesprächiger und entspannter, und während des Essens, das mit zahlreichen Bieren und Tequilas heruntergespült wurde, erzählte er Ben von seinen gerade laufenden Projekten. Dabei hatte Ben den Eindruck, dass Ron mit jedem neuen Tequila eine Spur ehrlicher und offener wurde.

Seit dem dritten Tequila duzten sie sich.

Nach dem sechsten Tequila, es war bereits zwanzig nach elf, begann Ron von seinen etwas schwierigen finanziellen Verhältnissen zu erzählen. Er schien Ben mittlerweile für eine Art Beichtvater zu halten, was diesem durchaus entgegenkam.

„Also, weißt du, Ben," sagte Ron leicht lallend, „das Ding am Freitag ist eigentlich die letzte große Chance für die Spiders. Wenn das floppt, können wir einpacken. Aber, hör' mal – du kommst *auch*, okay? Wir spielen in Cloppenburg. Ja, das ist bei Bremen. Gar nicht so weit von hier. *It's a deal?*"

Ben erklärte, dass er noch einige Tage in Deutschland bleiben würde und dass er die Zeit finden würde, sich die Spiders mal live anzuhören. Ron schien das sehr zu freuen, und er bestellte daraufhin noch eine Runde Tequila.

Ben war auch schon etwas weich in den Knien. Was sollte das hier werden? Fahren könnte wohl keiner mehr von ihnen.

Er hatte gehofft, dass Ron vielleicht noch etwas von dem Einbruch in sein Haus und über die gestohlene Gitarre erzählen würde, aber dazu kam es leider nicht mehr.

Nach einer weiteren Runde Tequila und Bier war Ronald Hargens ohne Vorwarnung am Tisch eingeschlafen. Alle Weckversuche seitens Ben Snoops blieben ohne Wirkung.

Um Viertel nach zwölf schleppten Ben und der Wirt des „Sancho Pansa" den immer noch in bewusstlosen Schlaf Versunkenen hinüber in ein Gasthaus, wo sie ihn in einem einfachen Einzelzimmer ablegten. Ben schrieb ihm noch eine kurze Nachricht, die er auf dem Nachttisch ablegte: „Bis Freitag, Ben."

Die Rechnung musste er bezahlen, sowohl für das Essen (die Getränke waren der weitaus höhere Posten) als auch für Ronald Hargens' Übernachtung.

Das würde eine gepfefferte Spesenrechnung ergeben.

Um die Kosten nicht noch weiter zu erhöhen, schlief Ben diese Nacht im Auto.

Er war es gewohnt. Hatte er in L.A. schon mehr als einmal gemacht.

Bevor er endgültig in den etwas unbequemen Schlaf hinüberdämmerte, ärgerte er sich darüber, dass er nun das Frühstück im „Leine-Hotel" wohl vergessen könnte.

15. Kapitel

Der kleine Twingo rollte auf dem Parkplatz des „Jagdhotels Huber-tusklause" in Laatzen, ungefähr zehn oder auch zwanzig Kilometer südlich von Hannover, aus. Eine blonde, durchaus attraktive Dame zwischen dreißig und vierzig entstieg dem Fahrzeug und machte sich am Kofferraum zu schaffen. Es war kurz vor vier Uhr nachmittags, eigentlich Zeit, sich einen kleinen Kaffee zu genehmigen.

Iris hoffte, dass die Sache mit dem Kaffee schon klargehen würde. Sie war etwas müde nach der langen Fahrt, die um kurz nach zehn Uhr morgens in Ginsberg, irgendwo im Hessischen, begonnen hatte.

Noch gestern hatte sie ihren Chef etwas zögerlich und beinahe mutlos um ein paar freie Tage gebeten, denn sie hatte nicht unbedingt geahnt, dass sie mit ihrer Bitte geradezu eine offene Tür bei ihm einrennen würde.

„Selbstverständlich, Fräulein Ehlers, gar kein Problem", hatte Dr. Eisenhuth gesagt. „Sie haben ja noch jede Menge Resturlaub. Nehmen Sie sich frei, so lange Sie möchten, halt, da war ich wohl etwas zu voreilig, Mitte nächster Woche hätte ich Sie doch gern zurück, wegen der Termine am Donnerstag, Sie wissen schon, die Sache Körtner gegen Körtner. Aber bis dahin – was immer Sie vorhaben, gute Reise und / oder gute Erholung!"

Dass es so leicht wäre, hatte Iris sich gar nicht vorstellen können. Aber gut, der Chef würde ein paar Tage ohne sie auskommen können. Die wichtigsten Unterlagen für die nächsten Tage stellte sie noch sorgfältig bis zum Feierabend zusammen und schrieb ihm noch ein Memo, damit er einige außerordentlich wichtige Dinge nicht vergessen konnte, wie zum Beispiel die Kaffeemaschine nach Gebrauch auch wieder auszuschalten.

Am Dienstagabend hatte sie dann schon ein paar Sachen gepackt und war dann zu ihren Eltern gefahren, um sich auch von ihnen ein paar Tage frei geben zu lassen. Zwischendurch hatte sie eine Nachricht von Benno auf der Mailbox ihres Handys erhalten und sie mit einer SMS beantwortet, weil Bennos Handy offenbar stummgeschaltet war. Immerhin wusste sie, dass er im „Leine-Hotel" logierte. Sich selbst wollte sie aber nicht im selben Hotel unterbringen lassen, dieser Gedanke widersprach doch etwas ihrer Vorstellung von Romantik. Nein, sie hatte sich ausgemalt, dass sie Benno bei einem abendlichen Telefongespräch die Überraschung mitteilen würde, dass sie ganz in seiner Nähe in einem kleinen, verschwiegenen Hotel auf ihn warten würde, und dann würde Benno sich sofort auf den Weg machen, und dann ...

Weiter malte sie nicht an ihren Gedanken herum, denn sie hatte gerade die kleine Halle der „Hubertusklause" betreten und stellte ihren Koffer und die Handtasche beim Empfang ab.

Aus einem Nebenraum kam eine etwa fünfzigjährige dunkelhaarige Dame in einem grünen Kostüm, das wohl entscheidend zur Atmosphäre des Hauses beitragen sollte.

„Grüß Gott", sprach Iris, sofort eingedenk der Tatsache, dass im protestantischen Norden wohl eher ein unreligiöses „Guten Tag!" angebracht gewesen wäre.

Die Dame erwiderte aber freundlich ihr „Grüß Gott", vielleicht stammte sie ja auch aus dem Süden, wer wusste das schon.

„Ich hätte gern ein Doppelzimmer für mich und meinen Mann, voraussichtlich für zwei oder drei Nächte", sprach Iris selbstbewusst, und sie fügte hinzu: „Mein Mann kommt erst heute Abend, er hat nämlich noch in Hannover zu tun."

Die Dame schien aber gar keinen besonderen Wert auf derartige Erläuterungen zu legen.

„Ja, sehr gern, wir hätten da noch das *Fuchs-Zimmer*, das *Wildschwein-Zimmer* und das *Damhirsch-Zimmer*. Alle sind mit Dusche, WC und so weiter ausgestattet."

Die Dame breitete den Prospekt des Hauses aus und wies Iris auf die Einzelheiten hin. In diesem Haus waren offensichtlich die Zimmer mit jeweils einer anderen Wildart dekoriert. Iris schwankte zwischen dem Fuchs- und dem Wildschwein-Zimmer, entschied sich aber wegen einiger vermutlich unpassender Assoziationen beim Wort Wildschwein für das Fuchs-Zimmer.

Die Dame, deren goldenes Namensschild sie als „Hertha Riesterer" auswies, war's zufrieden.

Iris unterschrieb ein kurzes Anmeldeformular mit „Jenssen", denn die Zeiten, wo man noch Ausweise, Eheringe und so weiter verlangte, schienen endgültig vorbei zu sein.

So einfach war das also. Ehrlich gesagt, war Iris bei der Anmeldung etwas nervös gewesen. Sie war nicht besonders reiseerfahren und konnte sich nicht einmal daran erinnern, ob sie in ihrem Leben überhaupt schon einmal ein Zimmer bestellt geschweige denn reserviert hatte.

Frau Riesterer rief jemanden, der wahrscheinlich ihren Sohn vorstellen sollte, auch er trug eine Art Jäger-Kostümierung, damit dieser Iris zu ihrem Zimmer bringen würde. Galant nahm er ihr den Koffer ab, öffnete die Tür und entschwand sogleich, was Iris von dem möglichen Gedanken entband, ihn mit einem Trinkgeld zu entlohnen. Nein, so etwas war hier offensichtlich nicht angebracht.

Auf dem Flur hatte über der Tür der präparierte Kopf eines leicht angestaubten Fuchses listig auf sie herabgeschaut, und eine Zehntelsekunde hatte Iris den Eindruck gehabt, er hätte ihr gerade vielsagend zugezwinkert. Aber so was konnte natürlich nur Einbildung sein.

Iris schaute sich im Zimmer um. Es war sehr gemütlich, geradezu plüschig. Die Einrichtung war eine Spur auf Altdeutsch-Jagdmäßig-Solide getrimmt, falls solch eine Kombination überhaupt zulässig war. An den Wänden hingen Bilder mit Jagdmotiven, bei denen die Fuchsjagd eine besondere Rolle zu spielen schien. Iris versuchte sich die Bilder in den anderen Zimmern vorzustellen. Sie überlegte, ob es vielleicht auch ein Zimmer mit Bildern von Elefantenjagden gäbe.

Das Bett war genauso solide wie die übliche Einrichtung und verursachte auch keine unangenehmen Geräusche, was Iris mit einem leichten Kichern gern zur Kenntnis nahm.

Sie packte ihre Sachen aus und ging danach auf einen Kaffee und ein Stück Schwarzwälder Kirschtorte in das Restaurant. Sie hatte zwar an einer Raststätte eine ausgiebige Mittagspause eingelegt, aber ihr Magen hatte ihr verraten, dass er mal wieder ein bisschen tätig sein wollte.

Danach legte sie sich etwas hin. Sie wollte ja für die Nacht fit sein, für die große Überraschung.

Als sie wieder erwachte, war es bereits halb acht.

Zu dumm, sie hatte länger geschlafen, als sie es eigentlich vorgehabt hatte. Iris erhob sich etwas benommen und forschte mit dem rechten Fuß nach ihren Hausschuhen. Sollte sie jetzt erst einmal duschen und danach eine Kleinigkeit essen gehen? Sie überlegte kurz, danach stand ihr Entschluss fest: Sie könnte ja beides „mit Benno kombinieren".

Nun war es Zeit, nun müsste Benno doch auch Feierabend haben. Iris griff zu ihrem Handy, das sie letzte Nacht sicherheitshalber noch einmal frisch aufgeladen hatte.

Sie wählte Bennos Handynummer.

Typisch, er hatte mal wieder sein Handy abgeschaltet. Doch statt der üblichen Mailbox-Meldung hörte sie Bennos Stimme sagen: „This is Ben Snoop. You can leave a short message after the signal."

Iris war so verwirrt, dass sie gleich wieder abschaltete. Was sollte denn dieser Blödsinn?

Dann kam sie auf die Idee, das „Leine-Hotel" in Hannover anzurufen, doch leider hatte sie nicht die Nummer. Sie ließ sich über das Telefon auf dem Nachttisch von der Empfangsdame eine Verbindung machen, es klappte auch erstaunlicherweise. Eigentlich kannte Iris solche Situationen ja nur aus dem Fernsehen.

Eine etwas unwillige ältere männliche Stimme meldete sich:

„Ja, Leine-Hotel?"

„Jenssen am Apparat," Iris hatte ihre Rolle als Bennos Ehefrau noch nicht an den Nagel gehängt, „ich hätte gern meinen Mann gesprochen."

Es entstand eine Pause, während der Iris nur undefinierbare Geräusche am Hörer vernahm. Schließlich meldete sich die immer noch unwillige Stimme wieder:

„Tut mir Leid, ein Herr Jenssen ist nicht bei uns abgestiegen."

„Das kann doch gar nicht sein. Schauen Sie doch bitte noch mal ganz genau nach!"

„Meine Dame, ich pflege immer ganz genau nachzuschauen, seien Sie versichert, in unserem Haus gibt es keinen Gast namens Jenssen. Irrtum ausgeschlossen."

Iris hätte gerne noch gefragt, ob es noch ein anderes Hotel mit dem gleichen Namen gäbe, aber das wäre natürlich ohnehin ausgemachter Blödsinn gewesen.

Klick.

Die unwillige ältere männliche Stimme hatte sich durch simples Aufhängen soeben von ihr verabschiedet.

Was sollte das bedeuten? Auf dem Handy hatte sich zwar Bennos Stimme gemeldet, aber unter einem völlig blödsinnigen Namen, und dann auch noch auf Englisch. War heute etwa der erste April? Und dann behauptete dieser Kerl im Leine-Hotel doch noch, Benno wäre nicht bei ihm abgestiegen. Da stimmte doch irgendetwas nicht! Warum hatte Benno ihr denn mitgeteilt, er *wäre* im Leine-Hotel?

Alle möglichen Gedanken schossen durch Iris' hübschen Kopf. Sie sah Benno von einer skrupellosen Hannoveraner Gangsterbande entführt mit gefesselten Armen auf einem unbequemen Holzstuhl sitzen. Sie sah aber auch Benno in den Armen einer gewissen *Bärbel Schink*, die einmal seine Verlobte gewesen war, in einem eher bequemen Hannoveraner Bettchen liegen.

Nein, das konnte doch wohl nicht sein.

Iris schaltete ihr Handy wieder ein. Immerhin würde sie auf Empfang bleiben. Vielleicht rief Benno ja doch noch an.

Das Duschen verschob sie auf morgen.

Das Essen ließ sie sich auf ihr Zimmer bringen.

Inklusive einer Flasche Champagner, gut gekühlt, Hausmarke.

Sie verbrachte den Rest des Abends auf dem etwas unbequemen Sessel in ihrem Zimmer und sprach der Hausmarke bis zur Neige zu.

Im Fernsehen lief eine Pilcher-Wiederholung auf Kabel 7.

Das hätte sie ja auch zu Hause haben können.

16. Kapitel

Ben war bereits um 17 Uhr in Cloppenburg eingetroffen und hatte sich bei einer kleinen Stadtrundfahrt darüber orientiert, wo die Stadthalle wäre und wo er denn seinen gemieteten Volvo abstellen könnte. Es war schon ein paar Jahre her, dass er ein Pop- bzw. Rockkonzert zum letzten Mal besucht hatte. Leider war es eine etwas unangenehme Erinnerung, die ihn befiel, denn bei diesem letzten Mal wäre er beinahe am Eingang von den heranstürmenden Menschenmassen zerquetscht worden. Das würde ihm heute sicher nicht passieren, denn die „Stadthalle Cloppenburg" machte einen durchaus soliden Eindruck, und die Eingangstüren waren so breit, dass man sich ihnen getrost nähern konnte.

Ben war dann noch ein bisschen weiter herumgefahren und hatte schließlich in der Nähe einer Pizzeria Halt gemacht. Er war ausgestiegen und hatte sich eine „Quattro Stagione" und einen halben Liter Lambrusco bestellt.

Während er auf das Essen wartete, entzündete er seine Freitagspfeife, die er bereits am Mittwoch vorsorglich eingepackt hatte, und ließ sich die Ereignisse der letzten Tage noch einmal durch den Kopf gehen.

Am Donnerstagmorgen war er mit ziemlichen Kopfschmerzen auf einem Parkplatz mitten in der Altstadt von Verden an der Aller erwacht. Er hatte die Nacht in seinem Volvo zugebracht und war hin und wieder wegen der Kälte aufgewacht. Leider hatte sich in dem Wagen keine Wolldecke gefunden, Ben beschloss, dies bei der Rückgabe zu bemängeln. Ein Blick auf die Uhr im Armaturenbrett hatte ihm mitgeteilt, dass es bereits halb neun wäre. Ben hatte Probleme, sich daran zu erinnern, aus welchem Grunde er überhaupt hier war, bis ihm einfiel, dass die Ursache die sehr heftige Mischung aus Bier und Tequila war, die er am Vorabend mit Ronald Hargens in dem mexikanischen Restaurant „Sancho Pansa" genossen hatte. Er hatte Ron dann noch quasi zu Bett gebracht, weil der total ausgefallen war. Etwas ausgefallen kam Ben sich selbst noch vor, und er hatte das dringende Bedürfnis nach einer Toilette und einem sehr starken Kaffee. Beide Bedürfnisse ließen sich in einem Café, das glücklicherweise schon geöffnet hatte, befriedigen. Dort nahm Ben auch ein frugales Frühstück zu sich, das seine Lebensgeister wieder etwas beflügeln konnte. Da er sich aber auch nach dem Frühstück noch nicht ganz fit zum Fahren fühlte, machte er noch einen ausführlichen Spaziergang und genoss die frische Luft. Während des Spaziergangs fiel ihm ein, dass er sich noch nicht wieder bei Iris gemeldet hatte. Er schaltete sein Handy ein und drückte die Nummer der Kanzlei Dr. Eisenhuth in Ginsberg, leider aber ohne Erfolg. Donnerstag, war das jetzt etwa irgendein katholischer Feiertag? Ben (hier war er eher Benno) hatte in Ginsberg gewisse Schwierigkeiten damit. Egal, er versuchte es noch einmal mit seiner eigenen Nummer in der Hermannstraße 17. Auch hier kein Resultat. Auf die Idee, Iris' Handynummer zu wählen, kam er nicht, weil sein Gehirn mit dem Gedanken besetzt war, dass er zwar seine „Schwiegereltern" anrufen könnte, er aber gerade dazu wenig Neigung zeigte. Also schaltete er sein Handy wieder vollständig aus.

Er fühlte sich nunmehr in der Lage, wieder nach Hannover zurückzufahren und dort erst einmal sein Zimmer aufzusuchen.

Im „Leine-Hotel" in Hannover fiel ihm zuerst schmerzlich ein, dass er ja das Hotelfrühstück hatte sausen lassen, und er überlegte einen Moment, ob er sich den Betrag gutschreiben lassen konnte. Das kam ihm dann aber doch etwas zu knauserig vor. Er war Kalifornier, nicht Schotte.

Nach einem sehr ausführlichen Duschbad fühlte Ben sich wieder vollends frisch und zu neuen Taten imstande. Er wollte sich aber zunächst lieber schonen und beschloss, noch ein paar Stunden zu schlafen. Wer wusste schon, was der nächste Tag bringen würde.

Den Rest des Donnerstags verbrachte Ben mit einigem Nachdenken über sein weiteres Vorgehen, was aber zunächst zu keiner greifbaren Strategie führte. Er beschloss, sich ganz seiner Rolle als großer Musik-Macker aus L.A. hinzugeben und sich auch äußerlich dem bevorstehenden Konzert-Ereignis etwas anzupassen. Bei einem kleinen Einkaufsbummel in der Innenstadt erwarb er eine stilvoll vorgewaschene und -getragene Jeans, ein schwarzes T-Shirt und eine lässig wirkende Lederjacke. Dabei fragte er sich, ob die *Hannoversche Feuer- und Sach* jemals seine horrende Spesenabrechnung akzeptieren würde.

Am Abend ging Ben wieder zum Chinesen um die Ecke, den er diesmal mit „Nummel 59" statt 58 überraschte. Statt Bier wählte er mit Bedacht *Spezi*, eine Mischung aus Cola und Brause. Nach dem Essen war Ben so müde, dass er ins Hotel ging und beim Fernsehen einschlief. Eigentlich hatte er noch einmal versuchen wollen, Iris zu erreichen.

Heute Morgen war er wiederum spät aufgestanden, hatte lange geduscht und ausführlich gefrühstückt. Ben hatte das Gefühl, dass der bevorstehende Abend sehr entscheidend für seine Ermittlungen werden könnte, und so tat er alles, was er jetzt tat, besonders langsam und bedächtig, um seine Kräfte zu schonen.

Sein Geist aber war wieder hellwach, und die letzten Überreste des Tequilas waren spurlos verschwunden.

Heute Abend in Cloppenburg. Man durfte ja gespannt sein, was der alte Herr Hargens noch so draufhatte.

„One, two ..."

Seit einer halben Stunde waren alle „Spiders" auf der Bühne der Stadthalle in Cloppenburg zum letzten Soundcheck versammelt, sogar Dieter Jessen, der auf dem Weg eine Autopanne gehabt hatte und beinahe zu spät gekommen wäre. Richard Mosaba, der sich nicht wegen seiner Hautfarbe, sondern wegen seines jugendlichen Alters wie ein Außenseiter vorkam, fand, dass diese Truppe, der er ja auch angehörte, rein äußerlich schon einen etwas heruntergekommenen Eindruck machte. Vielleicht würde sich das ja ändern, wenn erst die richtige Ausleuchtung da wäre. Er schlug ein paar Takte auf den Congas, und er bekam ein Okay-Zeichen vom Sound-Mann. Draußen vor der Halle hatten sich schon viele Leute angesammelt, aber es würde erst in einer halben Stunde Einlass sein. Richard schaute zu Micky, der gerade am Anschlusskabel seines Keyboards herumfummelte. Micky sah entspannt aus, man konnte ihm anmerken, dass er sich auf den Gig freute. Dieter hantierte nervös an seinen Becken herum und änderte immer wieder die Höheneinstellung. Onno hatte immer noch nicht entschieden, welchen Bass er bei „Crack Your Thumb" spielen würde. Sie hatten lange darüber debattiert, welche Nummern sie ins Programm nehmen wollten. Die anderen hatten eher für die bekannten Stücke aus den Siebzigern und Achtzigern gestimmt, Ron und Micky waren dagegen mehr für ihre neuen Sachen, die alten könnte man sich doch als Zugaben in Reserve halten. Schließlich hatten sie sich doch darauf geeinigt, im ersten Set sofort ein paar alte Knaller loszulassen, um den Saal gleich von Anfang an zum Kochen zu bringen. Das war allerdings riskant, denn sie durften dann nicht lockerlassen und mussten die ganze Zeit auf Hochspannung bleiben.

Ronald Hargens lief nervös auf und ab. Noch anderthalb Stunden bis zum großen Knall. Wenn das heute nicht lief, war der Ofen aus. Dann könnten die Spiders endgültig einpacken. Er selbst hätte vielleicht noch die Sache in Amerika in Reserve, aber das musste man erst mal abwarten. Auf jeden Fall würde dieser Ben Snoop, klasse Typ übrigens, heute Abend auch dabei sein, er hatte ihm einen kleinen Zettel hinterlassen, dass er ihn heute sehen würde. Dann könnte er auch hören, *wie* gut Ron an der Gitarre war.

Der Toningenieur, ein solcher war es wirklich, denn er arbeitete hauptberuflich bei Radio Bremen und hatte Micky darüber kennen gelernt, schien wirklich ganz kompetent zu sein. Sie spielten eine Passage aus „Thank God, It's Friday", und der Sound war wirklich klasse.

„Okay, Männer, Pause!", rief Ronald, während er seine Gibson ablegte.

Sie gingen in die Garderobe, um sich noch etwas zu entspannen und vielleicht ein, zwei Drinks zum Aufwärmen zu nehmen.

Zehn vor sieben. Seit einer halben Stunde hatten sich Emma und Anna mit ein paar hundert anderen Leuten vor dem Eingang gedrängt. Zum Glück regnete es nicht, und es war auch nicht allzu kalt. Wenn sie um sich blickten, konnten sie zu ihrer Beruhigung feststellen, dass sie bei weitem nicht die ältesten Fans der Spiders waren. Einige schienen bereits das Rentenalter erreicht zu haben und machten einen eher bürgerlich-biederen Eindruck, als wollten sie eigentlich zu einem Sinfoniekonzert gehen und hätten sich nur verlaufen. Von allen Seiten strömten weitere Leute heran. Jetzt schon, mehr als eine halbe Stunde vor Beginn. Das konnte ja heiter werden. Zum Glück hatten sie Karten.

Um fünf vor sieben gab der Security-Chef die Anweisung, die Türen zu öffnen, da die Lage langsam gefährlich wurde. Die Massen strömten herein, es war ein Gedränge und Gelaufe wie beim Winterschlussverkauf. Zum Glück waren seine kräftigsten Leute so postiert, dass sie die Konzertgäste richtig kanalisieren konnten, bevor sie auf unerlaubte Dinge untersucht wurden.

Auch Emma und Anna mussten ihre Taschen vorzeigen. Zwei Weinflaschen wurden konfisziert, weil sie bedauerlicherweise aus Glas und nicht aus Plastik waren. Zum Glück war es kein allzu teurer Wein gewesen.

Zehn vor acht. Die Halle war bereits gerammelt voll. Dicht gedrängt standen die Menschenmassen, der Ticket-Service schätzte sie auf weit mehr als 2.500. Irgendjemand musste so durchgerutscht sein, denn mehr als 2.500 Karten waren gar nicht gedruckt worden. Also: Ausverkauft!

Ronald Hargens bekam die gute Nachricht kurz vor acht.

„Jungs, wir haben es geschafft! Ausverkauft! Und draußen stehen noch ein paar hundert Leute, die nicht mehr reingelassen werden können! Ist das geil!"

In der Garderobe hörten sie schon ein Schreien und Stampfen: „Spiders! Spiders! Spiders!"

Wie in alten Zeiten.

Rauf auf die Bühne.

„Lasst es krachen, Jungs!"

Die Bühne war vollkommen dunkel.

Im nächsten Moment war sie in gleißendes hellrotes Licht getaucht.

Die Spiders standen startbereit in Position.

Der Saal jubelte.

Ronald Hargens ließ den ersten Akkord von *You gave me a call* losfetzen. Im selben Augenblick setzten der dröhnende Bass und das donnernde Schlagzeug ein.

Der Saal tobte.

Am nächsten Tag würde der „Cloppenburger Stadtbeobachter" schreiben: „Ein Konzert der Superlative. So etwas hat die Stadthalle noch nie erlebt. Vom ersten bis zum letzten Moment gaben die Spiders um Ron Hargens alles. Sie spielten sich die Seele aus dem

Leib, und auch nach zweieinhalb Stunden konnten sie noch kein Ende finden. Die Zuhörer kamen mehr als voll auf ihre Kosten. Zweifellos: Ein gelungenes Comeback. Wir dürfen gespannt sein auf weitere Aktionen der legendären Band aus Hannover."

Zum tobenden Saal gehörten auch Emma und Anna. Obwohl sie ihren Weinflaschen noch immer etwas nachtrauerten, riss sie ab der ersten Sekunde des Auftritts der Spiders die Begeisterung geradezu hin. Sie hatten sich bis nach vorne an den Bühnenrand durchgedrängelt und tanzten und tobten wie die Wilden. Kein Mensch hätte es für möglich gehalten, dass beide zusammen bereits 94 Jahre alt waren.
Auch Ronald Hargens entging das nicht. Wenn er sich bei Auftritten sonst auch wenig um die Fans kümmerte, die beiden da vorne hatten schon was. Sahen ja klasse aus, diese Mädels. Auch noch im Doppelpack. Zwillinge – davon hatte er ja eigentlich schon immer mal geträumt. So, wie die sich benahmen, wären sie bestimmt nicht abgeneigt, nach der Show ...
Man würde sehen.

Es gab eine Pause von einer halben Stunde. Die Leute strömten nach draußen, um etwas zu trinken oder zu rauchen.
Ben Snoop, der in der hintersten Reihe gestanden hatte (es war ihm einfach *zu* laut gewesen), flanierte mit einem teuren Bier in einem Plastikbecher und seiner Pfeife im Mund durch das   Foyer.
Plötzlich wurde er angesprochen:
„Ich glaub', ich spinne – das ist doch *Benno*!"
Er drehte sich um.
Nun glaubte er seinerseits zu spinnen. Da standen doch wirklich Emma und Anna, nein, Anna und Emma, seine geliebten Schwestern, leibhaftig vor ihm!
Er vergaß einen Moment völlig, dass er Ben Snoop war.

Nach der sehr herzlichen Begrüßung mit zahlreichen Wiedersehensküsschen   konnte Benno (der ja im Moment wieder durchaus er selbst war) seine Schwestern in eine etwas ruhigere Ecke schieben und sie, so gut es ging, darüber aufklären, was er hier täte und warum und wozu er überhaupt hier wäre. Und vor allen Dingen, er sei nicht Benno Jenssen aus Ginsberg, sondern Ben Snoop aus L.A.

Die Mädels brauchten etwas Zeit zum Kapieren, aber dann witterten sie schon wieder Morgenluft.

Das wäre doch die Chance, mal etwas näher an Ronald Hargens heranzukommen. Er war zwar ein Mann, aber was für einer. An dem war doch glatt eine Frau verloren gegangen.

Benno hatte bereits eine Idee, wie er seinen Schwestern da etwas entgegenkommen könnte.

„Also, passt auf, Ihr Süßen, ich dreh' das schon hin, dass ihr den Ron kennen lernen werdet. Emma – du bist heißer auf den Typ als Anna. Also, Anna – du spielst meine *Gespielin*."

„Deine was?"

„Na, Freundin eben, Tusse, oder wie du es sonst nennen willst. Wir haben uns vor ein paar Tagen kennen gelernt, und du hast eben noch eine Zwillingsschwester. Punkt, aus. Eure Namen behaltet ihr, eure Biographie auch. Nur ich – merkt euch das gefälligst – bin *Ben Snoop*. B – E – N   S – N – O – O – P !"

17. Kapitel

Beginn der zweiten Halbzeit:
Ronald und seine Mannen kamen, begleitet vom Jubel der gesamten Stadthalle Cloppenburg, zurück auf die Bühne. Man konnte ihnen ansehen, dass sie vom bisherigen Erfolg des Abends geradezu high waren. Ron hatte sein bisheriges Outfit gegen eine rote Schlaghose und ein knappes T-Shirt eingetauscht, die übrigen Herren der Kapelle hatten ihre Bekleidung nicht gewechselt. Im Saal wurde es still, ein einziger Scheinwerfer war auf Ronald Hargens gerichtet. Er begann das langsame, bluesige Intro des neuen Stückes „Back Into Heaven". Ein Meer von erleuchteten Feuerzeugen erschien im Saal.
Ben hatte sich von Emma und Anna dazu überreden lassen, sich an die vorderste Front durchzukämpfen, obwohl er die großen Lautsprechertürme fürchtete. Seine Schwestern wiegten sich andächtig im langsamen Takt der Musik, während Ben versuchte, einen interessiert-professionellen Eindruck zu machen.
Die Reihe von neuen, bisher noch nicht veröffentlichten Stücken kam hervorragend beim Publikum an. Jeder Song wurde mit begeistertem Applaus gefeiert.
Danach folgte eine kleine musikalische Reise in die früheste Vergangenheit der Spiders. Jeder der Musiker hatte sich einen Song für das Set verschiedener Cover-Versionen ausgesucht.
Auch Ben ließ sich schließlich von der Begeisterung anstecken. Diese Spiders hatten ja wirklich was drauf, kein Wunder, dass der Saal so voll war. Vielleicht sollte er ja mal ein paar CDs von ihnen erwerben und Iris damit überraschen. *Iris!* Dieser Gedanke schoss ihm durch den Kopf. Er hatte sie immer noch nicht angerufen, aber jetzt passte das ja überhaupt nicht, jetzt musste er am Ball bleiben und bis zum Ende mitspielen. Er umarmte und küsste demonstrativ Anna, nachdem er sich vergewissert hatte, dass es nicht doch aus Versehen Emma wäre. Anna spielte mit, sie hatte ja ihre Erfahrungen mit Bühnenküssen bei der Laienspielgruppe der Volkshochschule Bremen-Wummensiede gesammelt. Da ließ es sich ja nicht vermeiden, dass man auch ab und zu einen Mann küsste, wenn man die Hauptrolle behalten wollte.

Zum Schluss, als der Saal schon so bedenklich brodelte, dass Ben insgeheim befürchtete, die Decke würde gleich abgesprengt werden, spielten die Spiders noch ein paar von ihren früheren Hits und als Zugabe eine superlange Version von „You gave me a call".

Emma schien im siebten Himmel zu schweben, und sie sandte, wenn Ben es richtig interpretierte, feurig-verliebte Blicke hinauf zu Ronald Hargens, der sich mittlerweile seines knappen T-Shirts entledigt hatte und seinen verschwitzten sehnigen Oberkörper zur Schau stellte. Nach der vierten Zugabe schloss die Musik mit einem donnernden Akkord, der noch lange im Saal nachhallte. Die Scheinwerfer erloschen, und die nüchterne, trübe Saalbeleuchtung ging an. Ein paar Unentwegte versuchten noch eine aller-allerletzte Zugabe herauszuklatschen, aber auch ihnen war bereits klar, dass nun wirklich nichts mehr drin wäre.

Die Leute verzogen sich allmählich, Ben(no) und seine Schwestern hielten sich noch etwas am Bühnenrand auf.

Ein Ordner kam auf sie zu.

„Mr. Snoop? Ronald Hargens möchte Sie gern hinter der Bühne sehen. Und auch gern Ihre Begleitung!"

Das ließen sich besonders Emma und Anna nicht zweimal sagen. Sie folgten dem Zwei-Meter-Zehn-Mann.

Die Garderobe war von Fans verschiedener Altersgruppen belagert, aber die Security-Leute hatten sie erfolgreich zurückhalten können.

Sie betraten Ronalds Garderobe, in der außer den Spiders noch reichlich viele weitere Leute waren, die Ben aber nirgendwo einordnen konnte.

„Hallo, Ben!", rief Ronald und kam, mit einem Dosenbier in der Hand, auf ihn zu.

Ben fühlte sich durchaus geehrt, vor so vielen anderen, scheinbar wichtigen Leuten besonders begrüßt zu werden.

Er stellte seine Begleitung vor: „Das sind Anna und Emma, die ich vor ein paar Tagen in Bremen kennen gelernt habe."

Ben hatte demonstrativ den Arm um Anna gelegt, die ihm daraufhin ein nettes Küsschen auf die linke Wange gab.

Ron schien von den Damen sehr angetan zu sein, wahrscheinlich stand er auf ältere Semester, sie waren in Wahrheit aber durchaus noch einige Jahre jünger als er.

Sie tranken auch ein Bier und versuchten sich mit den aufgeregten Menschen in der Garderobe zu unterhalten.

Der Abend schien für die Spiders ein unerwartet großer Erfolg gewesen zu sein, denn sie waren übermütig wie ein siegreiches Fußballteam in der Umkleidekabine.

Es dauerte eine Zeitlang, bis die euphorische Stimmung etwas abebbte.

„Ihr kommt doch zu meiner After-Show-Party? Allerdings müsst ihr ein Stück fahren, wir feiern bei mir zu Hause in Mardorf. Hier ist die Wegbeschreibung." Er gab Ben einen schlecht kopierten handgeschriebenen Zettel mit ein paar Skizzen drauf. „Okay?"

Die Mädels nahmen Ben die Entscheidung ab. Besonders Emma war geradezu entzückt davon, von Ron nach Hause eingeladen zu werden.

Sie ließen sich die Adresse, die Ben ja eigentlich schon kannte, geben und vertagten sich auf „in zwei Stunden, okay?"

Ron zwinkerte Ben zu und sagte: „Wo hast du denn diese Supergirls aufgetrieben? Die sind mir den ganzen Abend aufgefallen. Echt stark! Mit denen werden wir noch unseren Spaß haben."

Ben war da etwas skeptisch. Ob ein männliches Wesen irgendeine Art von Spaß mit Emma oder Anna haben würde, das ließ er insgeheim zunächst dahingestellt sein.

Man verabschiedete sich.

„Bis später, Ron!"

Es war natürlich so eine Musiker-Schnapsidee, mitten in der Nacht noch eine Party zu beginnen. Aber warum eigentlich nicht? Für Ben gehörte es zur Routine der Ermittlungen, und Emma und Anna hatten morgen schulfrei.

Also, auf nach Mardorf!

18. Kapitel

Als der kleine Konvoi, bestehend aus Bens Miet-Volvo und Emmas altem, ungewaschenem Golf, sich dem Grundstück von Ronald Hargens in Mardorf am Steinhuder Meer näherte, war es bereits Viertel vor eins. Ben hatte Anna als Copilotin verpflichtet, denn sie war ja Erdkundelehrerin und damit hoffentlich in der Lage, die Straßenkarte zu lesen und Ronald Hargens' Anfahrtskizze richtig zu interpretieren. Außerdem macht es einen besseren Eindruck, wenn Anna als „seine Tusse" bei ihm saß, während Emma im Golf folgte. Ihren Wagen wollte sie lieber dabei haben, damit sie nicht fahrtechnisch von ihrem Bruder abhängig wäre.

Das Gelände um Ronalds großzügiges Bauernhaus war hell erleuchtet. Es standen eine Menge Autos aus verschiedenen Gegenden auf dem Hofplatz und an beiden Straßenrändern vor der Auffahrt. Das hohe Tor, das sonst das Grundstück zusammen mit dem fast zweieinhalb Meter hohen Gitterzaun umschloss, stand weit offen. Die helle Außenbeleuchtung ließ neben einem ehemaligen Stallgebäude einen großen Hundezwinger erkennen, in dem einige offensichtlich nicht ganz kleine Hunde lautstark ihren Kommentar zum Ablauf der nächtlichen Ereignisse gaben.

Ben und Emma hatten ihre Fahrzeuge etwa zweihundert Meter unterhalb des Grundstückes am Straßenrand abgestellt.

Sie gingen auf die Haustür zu, als sie gerade von Micky Tornemans geöffnet wurde, der eine leere Bierkiste in einer Hand trug.

„Oh, hallo, kommt rein, die Party ist im Gange, ich muss nur schnell Nachschub holen."

Ben, Anna und Emma betraten das Haus. Es war voll mit allen möglichen Leuten, die wahrscheinlich einerseits der Musikerszene, andererseits der Lebenskünstlerszene zuzurechnen waren. Die Küchentür war geöffnet, ein kaltes Büffet stand auf dem geräumigen Küchentisch zum Verzehr bereit. Die Hauptausläufer der Party fanden in der großen Halle statt, in deren Hintergrund eine breite Holztreppe ins obere Stockwerk führte. Ben schätzte die Anwesenden auf ungefähr achtzig bis hundert Leute, überall saßen, standen, gingen und tanzten Menschen unterschiedlichen Alters und Geschlechts herum. Der Kamin brannte, Gläser klirrten, es gab offensichtlich alles an alkoholischen Genüssen, was Herz und Magen begehrten.

Ron selbst stand lässig an den Kamin gelehnt, in einer Hand ein halbvolles Whiskyglas, in der anderen Hand die Zigarette. Als er die drei erblickte, winkte er ihnen zu und entschuldigte sich bei seiner Gesprächspartnerin, einer jungen Dame, die seine Tochter hätte sein können. Vielleicht war sie es ja auch.

„Hi, Ben, Hi, Anna und Emma!"

Er gab den Damen Küsschen-Küsschen und schien geradezu entzückt von der zwillingshaften Schönheit, die Emma und Anna noch durch ein nicht ganz so dezentes Make-up zu erhöhen verstanden hatten.

Ronald bahnte den Weg zu einem Tisch mit Getränken, an dem sich die Jenssens bedienen konnten. Ben vermied den direkten Kontakt mit der Tequilaflasche, die Erinnerung an die mexikanische Nacht in Verden an der Aller war noch zu frisch.

Es wurde eine durchaus lockere und unterhaltsame Nacht.

Man scherzte, man lachte, man aß und trank. Vor allen Dingen trank man. Es gab ja auch etwas zu feiern: Das gelungene Comeback der Spiders.

Ronald Hargens schwebte auf den Wogen des Cloppenburger Erfolgs dahin.

Er fragte Ben(no)s Schwestern, ob sie tanzen wollten, eigentlich wollten beide, aber Ben hielt Anna heimlich am Gürtel fest. So entschwand Emma allein mit Ron in Richtung Mitte der Halle, die als improvisierte Tanzfläche zu verstehen war. Hier tanzten schon einige weitere Paare in schummrigem Licht, begleitet von der erstaunlich ruhigen und relaxten Musik aus Ronalds High-End-Stereoboxen.

Ben schnappte sich Anna und ging mit ihr zu einem freien Sofa. Da niemand sie hören konnte, sagte er leise zu ihr:

„Ich wusste gar nicht, dass ihr auch mit Männern tanzt!"

Anna beeindruckte das nicht besonders:

„Es kommt eben auf die Männer an. Der Ronny, der ist ja so süß, der könnte wirklich glatt `ne Frau sein."

Ben versuchte sich wieder an seine Rolle als Lover von Anna zu erinnern: „Gib Küsschen, Mausi. Sonst fallen wir hier noch durch! Und wie wär's mit einem Engtänzchen?"

Im Verlauf der weiteren Stunde kristallisierte sich heraus, dass Ron offenbar sehr stark an Emma interessiert war. Seltsamerweise, so schien es Ben, erwiderte seine Schwester dessen Interesse auf äußerst lebhafte Weise. Nun hatte er sie schon wieder bei einem heftigen Zungenkuss mit Ronald gesehen! Was war denn bloß mit ihr los? Wechselte sie etwa die Seiten?

Um kurz nach halb vier Uhr morgens waren die meisten Partygäste aufgebrochen. Der harte Kern saß aber noch am Kamin, mit dem letzten Whisky des Abends in der Hand.

Vorher hatte Ron Ben erklärt, wo er mit Anna schlafen könnte. Es schien reichlich Zimmer in diesem Haus zu geben. Und wo würde Emma schlafen? Doch wohl nicht etwa bei Ronald Hargens?

Ben traute seinen Augen kaum, als Ron und Emma kurze Zeit später engumschlungen die Treppe hinaufgingen und allen zum Abschied ein Kusshändchen zuwarfen.

Beinahe empört wandte er sich an Anna: „Dass du das zulässt! Sie ist doch deine Schwester!"

„Deine etwa nicht?", fragte Anna, die gerade ihr Rotweinglas leerte. „Lass sie doch, der Ronny hat irgendsoetwas Weibliches. Warum nicht mal probieren?"

Auch Ben trank seinen letzten Schluck zwölf Jahre alten Whisky. Immerhin, der Abend, eigentlich war es ja schon Morgen, war ganz erfolgreich verlaufen. Er war bei Ron zu Hause, zugegeben, etwas mit schlechtem Gewissen, weil er sich in sein Vertrauen eingeschlichen hatte. Aber er war in der Höhle des Löwen und könnte vielleicht morgen noch etwas auf Spurensuche gehen. Vielleicht würde ihm Ron ja auch ein paar Gitarren zeigen und bei der Gelegenheit einige Worte über die angeblich oder etwa tatsächlich gestohlene Gitarre verlieren. Seine Gedanken wurden durch Anna unterbrochen:

„Kommen Sie, Mr. Snoop. Ab in die Heia!"

Sie biss ihm zärtlich ins Ohr und zog ihn von der Couch hoch, auf der sie gesessen hatten.

Er flüsterte Anna zu:

„Lass dich nicht von Emma anstecken. Und vergiss nicht, ich bin dein *Bruder, Benno Jenssen.*

B – E – N – N – O   J – E - N – S – S - E - N !"

19. Kapitel

„Nein, Mamma, ich weiß im Moment wirklich nicht, wo Benno steckt! Also tschüs, grüß' Pappa, ich meld' mich wieder!"
Iris hatte ihr tägliches Telefongespräch mit ihrer Mutter beendet. Sie hatte ihr mehrmals klar zu machen versucht, dass sie per Handy anriefe und dass es sehr teuer wäre, sich länger als fünf Minuten zu unterhalten. Eigentlich ärgerte sie sich darüber, dass sie ihrer Mutter am Telefon die Wahrheit gesagt hatte, die da lautete: Ich sitze hier in Laatzen bei Hannover fest und habe keine Ahnung, wo Benno sich rumtreibt und wie ich ihn erreichen kann.
Ihre Gedanken schwebten zwischen zwei extremen Polen hin und her: Einerseits war sie wütend auf Benno, dass der sich nicht hören ließ, andererseits machte sie sich Sorgen um ihn. Natürlich konnte er nicht wissen, dass Iris in seiner Nähe war, vielleicht hatte er ja auch andauernd versucht, sie zu Hause in Ginsberg zu erreichen. Aber er hätte ihr doch wenigstens einmal eine SMS schicken können, mehr erwartete sie ja gar nicht. Sicher hatte er viel mit seinem Fall zu tun, bei Bennos Beruf war es ja ganz anders als bei ihrer geregelten Arbeit in der Kanzlei.
Den Donnerstag über hatte Iris ein bisschen vor sich hingeschmollt und ständig das Handy im Auge behalten. Dann hatte sie sich gesagt, dass es sinnlos wäre, wie eine trauernde Witwe im Hotelzimmer herumzuhängen, und sie hatte mit ihrem Twingo eine kleine Erkundungsfahrt in die nähere Umgebung gemacht. Die Umgebung war durchaus hübsch, und auch das Wetter hatte sie zu einem längeren Spaziergang an einem kleinen Fluss eingeladen. Ihre Laune hatte sich daraufhin merklich verbessert, und sie hatte beschlossen, das Beste aus der Situation zu machen und ihren Aufenthalt einfach als eine kleine Erholungs- oder Wellness-Kur, wie man ja neuerdings sagte, zu betrachten. Am Abend hatte sie dann im Hotel gegessen und dabei eine nette ältere Dame aus Holland kennen gelernt, mit der sie sich noch lange unterhalten hatte.
An diesem Vormittag war sie dann in die Innenstadt von Hannover gefahren, nachdem sie sich einige Adressen aus dem Telefonbuch abgeschrieben und sich an der Tankstelle noch einen Stadtplan besorgt hatte.

In Hannover hatte es natürlich sehr viel Verkehr gegeben, aber es war nicht sonderlich schwer gewesen, das „Leine-Hotel" zu finden. Iris erkundigte sich bei einem seltsam unfreundlichen Mann, der wohl der Besitzer war, ob nicht doch ein Herr Jenssen oder ein Mann mit ähnlichem Namen bei ihm abgestiegen wäre. Da der Mann sich offensichtlich an das Telefongespräch vom Mittwoch erinnerte, was Iris ihm gar nicht zugetraut hatte, blieb er sehr reserviert und meinte, er hätte ihr doch bereits die Auskunft gegeben, dass *kein* Herr Jenssen im Hause sei. Er könnte ihr doch auch selbstverständlich nicht die Namen der anderen Gäste mitteilen, wo käme man denn da hin.

Iris bedauerte, dass sie kein Foto von Benno dabei hatte. Der Herr schien auch nicht geneigt zu sein, ihre detaillierte Personenbeschreibung von Benno anzuhören.

Sie beschloss, in Zukunft in jedem anderen Hotel der Welt abzusteigen, aber keineswegs im „Leine-Hotel".

Sie verließ den offenbar sehr ungastlichen Ort und machte sich auf den Weg zu ihrem Wagen. Dabei studierte sie den Stadtplan, um ihr nächstes Ziel, das Büro von Dankwart Siebelt, *Am Kanonenwall 58*, anzuvisieren. Zu ihrer Überraschung stellte sie fest, dass das Haus, in dem „K & S" zu finden wäre, praktisch schräg gegenüber dem Hotel lag.

Herr Siebelt war selbst nicht im Hause, er war wohl wegen einer Ermittlung unterwegs, aber eine Frau Gerbert war sehr freundlich und hilfreich, nachdem Iris ihr erklärt hatte, wer sie war und was ihr Begehren war. Frauen hatten eben doch mehr Sinn für Romantik.

Frau Gerbert, die bald darauf bestanden hatte, mit „Katrin" angeredet zu werden, hatte sie noch zu einem Kaffee und ein paar trockenen Keksen eingeladen.

Leider konnte auch sie nicht sagen, wo Benno sich im Augenblick befand, sie hatten auch seit einigen Tagen keine Nachricht von ihm erhalten. Sie sagte nur, dass ihr Chef gemeint hätte, das wäre typisch für Benno, wenn er kurz vor der Lösung eines schwierigen Falls war. Niemand dürfte ihm dann dazwischenkommen, es würde seine Konzentration stören. Dann wurde „Katrin" etwas vertraulicher, denn mittlerweile war sie davon überzeugt, dass Iris wirklich Bennos Freundin war und keine Spionin der Konkurrenz.

„Hören Sie, Iris, was ich Ihnen jetzt sage, muss streng vertraulich behandelt werden. Ihr Benno ist sozusagen inkognito unterwegs, unter dem Namen *Ben Snoop* ".

Ben Snoop! Das war doch dieser komische Name auf Bennos Mailbox gewesen.

Katrin sprach noch leiser und schaute sich um, als ob im ganzen Büro Wanzen ausgelegt waren: „Er spielt so was wie einen amerikanischen Musik-Agenten aus Los Angeles, und er hat sich an den Musiker Ronald Hargens herangehängt, den kennen Sie ja vielleicht von den *Spiders*."

Wenn Iris ehrlich war, musste sie leider zugeben, dass sie die Spiders *nicht* kannte. Ihr Gesichtsausdruck schien es zu verraten.

„Na klar," setzte Katrin Gerbert ihre Vertraulichkeiten fort, „ist ja nicht ganz Ihre Generation, Sie sind ja deutlich jünger. Ronald Hargens ist einer von diesen Alt-Rockern, die einfach nicht aufhören können. Und an dem hängt Ihr Benno gerade wegen eines Betrugsverdachts. Aber mehr kann ich wirklich nicht sagen, sonst schmeißt mein Chef mich noch raus."

Iris wurde zwar nicht alles klar, aber einiges. Offensichtlich trieb Benno sich jetzt nicht mit seiner früheren Verlobten in Hannover herum, sondern er war „voll im Einsatz". Das änderte natürlich die Lage.

„Sagen Sie, ist er denn drüben im Leine-Hotel als Ben Snoop abgestiegen? Dann ist es ja kein Wunder, dass ich ihn dort nicht erwischen konnte."

Katrin nickte bejahend. „Er wohnt wirklich im Leine-Hotel, aber auch nicht unter dem Namen Ben Snoop. Wir haben ihm dort als *Herrn Schmidt aus Erfurt* ein Zimmer reservieren lassen."

Iris war etwas verwirrt wegen der vielen Tarnkappen, die Benno zu tragen schien.

Eigentlich hätte sie jetzt gern noch einmal im Leine-Hotel angerufen und nach Herrn Schmidt aus Erfurt gefragt, aber sie hatte keine unbedingte Lust auf ein weiteres unfreundliches Gespräch.

Benno Jenssen.

Ben Snoop.

Herr Schmidt.

Wer konnte schon von sich sagen, dass er drei verschiedene Lover zur selben Zeit hatte?

Iris trank ihren Kaffee aus.

„Katrin, könnten Sie mir vielleicht noch sagen, wo dieser, wie hieß er noch gleich, ja, *Ronald Hargens* wohnt? Vielleicht treffe ich da irgendwo Benno in der Nähe. Keine Angst, ich werde dem Hargens nicht zu nahe kommen. Aber es würde mich schon beruhigen, wenn ich wüsste, in welcher Gegend Benno gerade sein könnte."

Katrin Gerbert zögerte etwas, dann ging sie hinüber in Sinowskys Zimmer und kehrte kurz darauf mit Ronald Hargens' Adresse zurück.

„Sehen Sie, das ist am Steinhuder Meer. Ach, Sie wohnen im Moment in Laatzen? Dann fahren Sie ..."

Die Wegbeschreibung hatte Iris etwas verwirrt. Aber Hauptsache, sie hatte die Adresse. Dann würde sie schon klarkommen.

Sie bedankte sich herzlich bei Katrin und hinterließ noch ihre Hotelanschrift in Laatzen und ihre Handynummer, falls Benno sich bei „K & S" hören ließ.

Katrin Gerbert versprach ihr, sich sofort bei ihr zu melden, wenn auch nur die kleinste Nachricht käme.

Etwas erleichtert verließ Iris das Büro im „K & S-Tower". Sie schaute auf die Uhr. Es war noch nicht Mittag, eigentlich könnte sie sich doch etwas Hannover anschauen, irgendwo etwas essen und dann ein bisschen shoppen.

Heute Abend würde sie dann mal nach Mardorf herüberfahren.

20. Kapitel

Ben warf sich unruhig auf der Liege in einem der Gästezimmer von Ronald Hargens' Haus herum. Auf der anderen Liege an der gegenüberliegenden Wand war Anna schon vor einiger Zeit friedlich schnarchend eingeschlafen, nachdem sie offenbar noch mindestens eine halbe Stunde in einem der zahlreichen Badezimmer zugebracht haben musste. Sie hatte der alkoholischen Auswahl des Hauses Hargens offenbar reichlich zugesprochen. Vielleicht war es auch eine Art Schock für sie gewesen, dass Emma plötzlich mit Ron – einem Mann! – ins obere Stockwerk entschwunden war. Was das bedeutete, lag ja wohl auf der Hand.

Die letzten Gäste hatten sich auch vor etwas längerer Zeit mit einem finalen Sound-Crescendo aus Rufen, Türknallen, Hupen und Motoraufheulen auf- und davongemacht. Seitdem war es – bis auf Annas jetziges Schnarchen – still im Haus gewesen.

Ben döste schon etwas entspannter vor sich hin, als er plötzlich vom Lärm der Hunde draußen vor dem Haus geweckt wurde. Es schienen ja riesige Köter zu sein, denn es kam ihm vor, als brüllte da draußen, irgendwo auf dem Hof oder im Garten, ein ganzes Löwenrudel. Es klang durchaus bedrohlich, und Ben fragte sich, ob er lieber einmal nachschauen oder vielleicht Ronald Bescheid sagen sollte, doch dann fiel ihm ein, dass er ja nicht seine eigene Schwester mitten im Liebesrausch überraschen wollte, das musste er sich ja wirklich nicht antun. Das Bellen und Knurren hielt noch eine Weile an, es gab auch einige andere Geräusche, die Ben nicht einordnen konnte. Er erhob sich mühselig und mit etwas schmerzendem Rücken von seinem Lager und stolperte im Halbdunkel ans Fenster. Er schob den Vorhang zur Seite und versuchte draußen etwas zu erkennen, er meinte auch einen einzelnen Schrei vernommen zu haben, aber das konnte natürlich auch nur reine Einbildung gewesen sein, wie sie einem kurz vor dem Einnicken eben widerfahren konnte.

Doch er sah nur Nacht und vielleicht etwas weiter entfernt die ersten Vorboten des Morgengrauens. Dann erstarb das Hundegebell genauso jäh, wie es begonnen hatte. Benno stand noch ein paar Minuten am Fenster, aber es blieb ruhig draußen.

Er ertastete den Weg zur Tür und zur Gästetoilette. Im Haus war alles dunkel, entweder hatten die letzten Gäste das Licht ausgemacht oder Ronald war „zwischendurch" noch einmal aufgestanden. Vielleicht hatte er ja auch noch einmal nach seinen Hunden gesehen, sie herausgelassen oder was auch immer. Hauptsache, sie kamen nicht ins Haus. Darauf legten weder Ben noch Benno gesteigerten Wert.

Ben beschloss sich wieder hinzulegen. Immer noch alles ruhig, sogar Anna hatte jetzt eine kleine Schnarchpause eingelegt.

Nach ein paar Minuten schlief auch er ein.

Emma war plötzlich aufgewacht, weil sie das Gefühl hatte, dass Ron verschwunden war. Aber vielleicht musste er ja nur mal zur Toilette. Ron. Sie zog die Decke über sich und sah die Szenen der letzten Stunden vor Augen. Sie lächelte. So schlimm war es nun doch nicht mit einem Mann, waren wohl alles Ammenmärchen. Aber auf die Dauer, nein danke. Gut, es war mal einen Versuch wert.

Mal sehen, was *Anna* morgen darüber erzählen würde.

Süß war er ja, der Ronny. Aber sie hatte verlangt, damit sie überhaupt in Stimmung kommen konnte, dass er ihr dabei *You gave me a call* ins Ohr singen sollte.

You gave me a call, summte sie leise. Sie dachte wieder an Lena Christiansen und auch etwas an ihre Kindergärtnerin beim Zahnarzt und schlief schließlich wieder friedlich ein.

Sie bemerkte gar nicht mehr, dass Ron nicht wieder zurückgekommen war.

21. Kapitel

Na bitte, jetzt geht's doch!
Strahlender Sonnenschein ließ die Umgebung des Steinhuder Meeres in allen denkbaren Farben erstrahlen. Iris war unterwegs nach Mardorf, um ihren Benno mal ein bisschen beim Stöbern zu betrachten. Sehr große Hoffnung machte sie sich zwar nicht, ihm zufällig auf der Straße zu begegnen, aber sie war schon etwas neugierig, was diesen Ronald Hargens betraf. Sein Haus wollte sie auf jeden Fall einmal gesehen haben. Sie kam sich ein bisschen so vor, als würde sie an einer Celebrity-Rundfahrt durch Hollywood teilnehmen. Iris hatte einmal einen Fernsehbericht darüber gesehen. Für zwanzig Dollar wurde man mit einem Bus durch Beverly Hills gekarrt, und dann hieß es: „Da wohnt Clint Eastwood, da hinten um die Ecke Robert Redford", und so weiter. Genau genommen wusste sich nicht einmal, ob diese beiden überhaupt in Hollywood lebten. War ja auch egal. Hauptsache, sie wusste, dass dieser ominöse Ronald Hargens in *Mardorf* lebte.
Gestern Abend hatte sie es schon einmal versucht. Sie war schon ganz in der Nähe vom Steinhuder Meer gewesen, als plötzlich sehr dichter Nebel einsetzte, so dichter Nebel, dass man buchstäblich nicht mehr die Hand vor Augen sah. Iris war durchaus nicht ängstlich, aber sie hatte sich gesagt, dass sie in diesem Fall wohl auch kaum die Villa Hargens finden würde. Also war sie nach Laatzen zurückgekehrt und hatte den Tag vor der Glotze ausklingen lassen.
Kein Vergleich zum heutigen Wetter.
Eben hatte sie den Ortseingang von Mardorf passiert. Iris hielt ihren Twingo bei einer Bäckerei an und kaufte sich ein Stück Kuchen. Beiläufig fragte sie die Verkäuferin: „Sagen Sie, in Mardorf, wohnt da nicht dieser Ronald Hargens, der ist doch ganz bekannt, nicht wahr?"
„Oh ja," sagte die Verkäuferin, während sie mit geschickten Händen Iris' Kuchen einwickelte, „bei uns wohnen einige Promis. Und der Ronald Hargens natürlich auch, der ist ja noch bekannt mit dieser Rockgruppe, den *Spiders*. Die waren damals schon sehr erfolgreich. Ja, der wohnt da hinten, schauen Sie, gleich hinter dem Hügel dort mit der Windmühle drauf. Schönes Haus. Macht ein Euro zwanzig."

Iris verzehrte ihren Kopenhagener, während sie langsam zu ihrem Auto zurückging. Schön war es hier, kein Wunder, dass hier so viele bekannte Leute wohnten. Die Grundstücke waren sicher sehr teuer.

Sie stieg wieder in ihren Wagen, las noch einmal die Adresse und fuhr langsam, der Beschreibung der Bäckereifachverkäuferin folgend, in Richtung Hügel mit Mühle drauf.

Hinter dem Hügel ging die Straße zunächst in eine Rechtskurve und wurde auch etwas enger. Ein Trecker kam ihr entgegen, und Iris musste ausweichen. Sie schaute wieder geradeaus. Ja, dahinten, dieses große Bauernhaus mit den vielen Nebengebäuden, das musste es sein.

Sie fuhr mit mäßiger Geschwindigkeit an dem Grundstück vorbei, um sich zu vergewissern, dass die Hausnummer stimmte. Ja, es *gab* eine Hausnummer, und sie war die richtige.

Hätte Iris nicht nur auf die Hausnummer geachtet, wäre ihr vielleicht aufgefallen, dass sie soeben an einem Bremer Golf vorbeigefahren war, an dessen Heck ein verwaschener Aufkleber „Atomkraft – nein danke" prangte. Die Autonummer hätte ihr möglicherweise auch bekannt vorkommen können. Der Golf stand hinter einem großen Volvo-Kombi, der ebenfalls am Straßenrand abgestellt war.

Schon im Vorbeifahren war Iris aber aufgefallen, dass das gesamte Hargens'sche Grundstück von einem nahezu unüberwindbaren Gitterzaun umgeben war. Das ebenfalls sehr hohe Gittertor war verschlossen. Es war ihr so vorgekommen, als hätte sie gerade einen sehr großen Hund hinter dem Eingangstor gesehen, der irgendetwas im Maul trug.

Iris wendete den Twingo und fuhr noch einmal am Haus vorbei. Diesmal langsamer, denn sie hatte den Eindruck gehabt, dass kein Mensch auf dem Hofplatz war, der ihre Neugierde bemerken könnte. Der große Hund, es war ein Rottweiler, Iris kannte sich da aus, hatte tatsächlich etwas zwischen den Zähnen.

Es waren die blutigen Überreste eines menschlichen Unterarmes.

Iris bremste abrupt mitten auf der Straße. Sie schnallte sich ab und lief auf den Straßengraben zu. Sie musste sich übergeben. Sie würgte heftig und kämpfte noch lange Zeit mit dem Brechreiz, den der Anblick des Hundes in ihr hervorgerufen hatte.

Schade um die ein Euro zwanzig.

Langsam kam sie wieder zu sich. Sie schaute sich um. Ihr Twingo stand immer noch mit laufendem Motor mitten auf der Straße. Kein Mensch in der Nähe.

Was sollte sie tun? Die Polizei anrufen?

Sie setzte sich wieder in den Wagen und fuhr ein paar Meter zurück. Dann stieg sie vorsichtig aus und näherte sich dem verschlossenen Tor. Der Hund ließ das, was er im Maul gehabt hatte, fallen und schlug an.

Ruhig, nur ruhig.

Iris hatte keine große Angst vor Hunden, auch nicht vor sehr großen Hunden, und das Gitter schien ja sicher zu sein.

„Aus!", rief sie, was den Rottweiler aber nicht sonderlich beeindruckte.

Stattdessen tauchten hinter dem Tor noch zwei weitere Hunde des gleichen Kalibers auf.

Was war hier los?

Iris überzeugte sich nochmals davon, dass sie beim ersten Mal richtig hingeschaut hatte. Tatsächlich. Es stimmte.

Sie musste kurze Zeit wieder mit dem Brechreiz kämpfen.

Dann sah sie neben dem Tor, in ein Stück Mauerwerk eingelassen, eine Klingel mit einer Gegensprechanlage.

Sie überlegte kurz. Wenn sie jetzt klingelte, würde doch wohl hoffentlich nicht das Tor automatisch geöffnet werden, und sie wäre das nächste Opfer?

Iris schätzte den Abstand zu ihrem rettenden Twingo ein. Sie beschloss, ihn lieber direkt vor das Tor zu fahren und ihn dort mit geöffneter Fahrertür stehen zu lassen, damit sie notfalls Hals über Kopf fliehen konnte.

Dann drückte sie die Klingel. Typisch Promi, hier stand natürlich kein Name. Aber wenigstens die Hausnummer.

Nichts geschah.

Die Rottweiler hatten sich mittlerweile dekorativ hinter dem Tor gruppiert und schauten sie mit Interesse, möglicherweise auch mit Appetit, an. Sobald Iris nur einen Schritt auf das Tor zuging, schlugen sie wieder an.

Sie drückte noch einmal die Klingel, diesmal nicht so zaghaft wie beim ersten Mal, sondern andauernd, vielleicht sogar mehr als eine Minute lang.

Endlich knackste der Lautsprecher neben der Klingel.

Sie hörte ein heiseres, aber weibliches: „Ja?"

„Hallo, Sie da drinnen im Haus, hören Sie mich? Es ist etwas Schreckliches passiert! Es sieht so aus, als hätten Ihre Hunde einen Menschen zerfleischt! Hallo, verstehen Sie! Seien Sie vorsichtig!"

Die heisere, weibliche Stimme aus dem Lautsprecher der Klingelanlage war offenbar mit einem Schlag wach geworden:

„Was sagen Sie da? Was, stimmt das tatsächlich? Hallo! Ja, wer sind Sie denn überhaupt?"

Aus irgendeinem Grund kam es Iris so vor, als hätte sie diese Stimme schon einmal gehört.

„Ja, hier ist Ehlers, Iris Ehlers, ich bin gerade an Ihrem Haus vorbeigefahren, und da hab' ich gesehen, dass ..."

Weiter kam sie nicht.

„Iris??? *Du* hier? Das gibt es doch überhaupt nicht!"

Jetzt hatte sie die Stimme doch erkannt. Es war *Emmas* Stimme.

Emma Jenssen, Bennos Schwester.

22. Kapitel

Es dauerte eine Zeitlang, bis Iris und Emma sich soweit ausgetauscht hatten, dass sie jeweils einigermaßen auf dem letzten Stand
der Dinge waren. Die Kommunikation war dadurch erschwert worden, dass sie praktisch nicht gleichzeitig reden konnten, sondern aus
technischen Gründen erst einmal den anderen ausreden lassen
mussten.

Immerhin war Iris jetzt darüber orientiert, dass Benno im Haus war,
hoffentlich nicht mit einer anderen Frau, und natürlich auch Anna,
denn wo Emma war, konnte Anna nicht weit sein. Iris hatte auch
verstanden, dass Benno in der Maske eines Amerikaners namens
Ben Snoop, mit dem Namen war sie ja schon von Hannover her
vertraut, das Konzert der Spiders besucht hatte, dort zufälligerweise
Emma und Anna, die wohl alte Spiders-Fans waren, getroffen hatte
und mit seinen beiden Schwestern mit nach Mardorf gekommen
war, um Ronald Hargens' *After-Show-Party* durch ihre Anwesenheit
zu verschönern.

Benno würde auch gleich an die Sprechanlage kommen, er und
Anna würden noch schlafen. Man kam überein, dass Iris in zehn
Minuten wieder klingeln würde, denn es war ja offenbar unmöglich,
das Grundstück zu betreten, egal ob vom Haus aus oder von der
Straße her.

Iris setzte sich erschöpft in ihren Wagen. Jetzt bemerkte sie erst, wie
ihre Beine und Hände zitterten. Ein doppelter Kognak wäre ihr sehr
willkommen gewesen.

Emma rief mit lauter Stimme das ganze Haus wach. Es war für sie
von vornherein klar gewesen, dass nur Ronald das Opfer der Hunde
sein konnte. Irgendwie hatte sie schon so ein komisches Gefühl
gehabt, bevor Iris geklingelt hatte.

Emma hatte allerdings keine Ahnung, wie wenig Menschen zur Zeit
im Haus anwesend waren, gestern Nacht hatte sie noch den Eindruck gehabt, es würden mindestens zehn Leute hier übernachten.

Sie lief durchs ganze Haus, riss überall die Türen auf, aber sie fand
nur Benno und Anna in einem der Gästezimmer.

„Heh, aufwachen, ihr beiden! Ronald ist totgebissen worden!"

Anna und Benno schauten sie ungläubig aus verquollenen Augen an. Sollte das ein Witz sein? Wenn ja, war es ein ziemlich blöder Witz. Aber Emma machte offenbar keine Späße, sie erklärte sehr ernsthaft, was draußen vorgefallen war.

Benno wurde mit einem Schlag hellwach. Ronald Hargens tot? Und dann auch noch von seinen eigenen Hunden zerfleischt? Das verlangte nach einer näheren Untersuchung.

Dann wurde ihm klar, dass Emma soeben verkündet hatte, dass Iris draußen vor dem Tor in ihrem Twingo säße. Sie hätte die Leiche, besser gesagt, gewisse Teilstücke derselben, entdeckt.

Benno sprang auf. Iris – hier?

Er kapierte das nicht ganz. Eigentlich kapierte er alles nicht so ganz. Und sie wären die einzigen Leute im Haus? Die Situation kam ihm reichlich unwirklich vor.

In der Halle klingelte es wieder durchdringend.

„Komm, Benno, geh' an die Sprechanlage. Das ist Iris. Sie wird dir erklären, was sie gesehen hat!"

Benno sprintete geradezu in die Halle und drückte den Knopf der Sprechanlage.

„Iris – bist du es wirklich? Ja, hier ist Benno. Ja, natürlich, du hast meine Stimme sofort erkannt. Weißt du, wir sind hier, weil ... Ach, das hat Emma dir schon alles erzählt? Gut. Und die Sache mit den Hunden draußen, das hast du wirklich so gesehen?"

Iris berichtete nochmals, welcher schreckliche Anblick sich ihr geboten hatte. Benno wollte lieber keine Details hören. Es könnte sich bei der Leiche nur um Ron handeln. Wahrscheinlich hatte er noch einmal seine Hunde rausgelassen, und aus irgendeinem Grund waren sie dann über ihn hergefallen. So was war zwar nicht normal, aber es passierte doch hin und wieder.

Man sollte eben lieber doch nur Goldfische halten.

Emma und Anna standen mittlerweile neben ihm und bereicherten den Gedankenaustausch. Iris konnte nicht herein, das stand fest. Sie selber konnten nicht heraus, das stand auch fest, es sei denn, Ronald Hargens hätte noch drei passende Ritterrüstungen auf dem Dachboden liegen.

„Iris, hast du dein Handy dabei? Gut, lass es eingeschaltet. Du fährst am besten in den Ort und trinkst erst einmal irgendwo einen Kaffee. Was sollst du hier die ganze Zeit vor dem Tor herumhängen. Ich glaube, wir brauchen hier auch erst mal einen Kaffee, und wir müssen überlegen, wie wir hier rauskommen. Okay?"

Iris zögerte etwas, aber sie verspürte auch keine große Lust, sich länger von diesen Bestien auf dem Hof ankläffen zu lassen.

„In Ordnung, Benno, aber lass dein Handy auch angeschaltet, damit ich dich jederzeit erreichen kann. Bussi."

Anna schaute aus dem Fenster.

„Ja, Iris geht schon zu ihrem Wagen."

Kurze Zeit später hörten sie den Motor des Twingos kurz aufheulen, und Iris war fort.

Emma übernahm das Kommando in der Küche, in der noch ein heilloses Durcheinander herrschte. Das sollte mal ihre Kollegin Waltraut Kümpel sehen, die würde glatt einen Schlaganfall kriegen.

Dennoch fand sie die Kaffeemaschine und alles, was sie sonst noch brauchte. Ein paar Reste vom kalten Büffet würden als Frühstück genügen.

Anna und Benno machten sich derweil etwas frisch. Beiden fiel schwer, ihre Gedanken unter Kontrolle zu halten, aber besonders Benno kreisten hundert verschiedene Pläne und Strategien durch den Kopf, sie ließen sich aber nicht greifen.

Sie räumten sich mit Brachialgewalt eine Ecke des Tisches in der Küche frei und begannen ihr spätes Frühstück.

Emma lieferte den ersten Beitrag zur Verhandlung:

„Sollten wir nicht erst einmal die Polizei anrufen?"

Zugegeben, das war auch Bennos erster Gedanke gewesen, aber ihm fielen einige Gründe ein, die eher dagegen sprachen:

„Bloß nicht die Polizei, die kommen sonst noch auf den Gedanken, dass *wir* Ronald Hargens an seine Hunde verfüttert haben. Eins, zwei, drei hängen wir da mit drin, stehen unter Mordverdacht, und das macht sich nicht besonders gut. Ich bin es ja gewohnt," Benno spielte auf seine Verhaftung in Ginsberg im letzten Herbst an, als man ihn verdächtigt hatte, er hätte einen gewissen Herrn Alexander Meise umbringen wollen, „aber ihr als Lehrerinnen und dann auch noch als Beamtinnen – ihr kriegt doch glatt noch ein Disziplinarverfahren an den Hals."

Weder für Emma noch für Anna war das eine besonders angenehme Vorstellung, zumal beide schon des Öfteren bei der Bremer Schulbehörde angeeckt waren.

„Ich finde," fuhr Benno fort, „wir sollten hier erstmal verduften. Aber so spurlos wie möglich. Nur, wie kommen wir hier raus?"

„Die Hunde vergiften!", schlug Anna vor. „Emma – du hast doch Bio als Fach, du müsstest doch wissen, wie man Hunde vergiften kann!"

In den Biologiebüchern des Landes Bremen war diese Thematik aber leider ausgespart worden.

Da Emma jedoch auch Chemie unterrichtete, nahm sie den Faden auf und spann weiter: „Aber vielleicht hat Ronald etwas im Haus, als Musiker müsste er doch irgendwo jede Menge Koks gelagert haben."

„Da müssen wir das ganze Haus auf den Kopf stellen", wandte Benno ein.

„Aber," fuhr Emma nach einer Weile fort, „wie wär's denn *damit*?" Sie zeigte auf eine Riesenpackung mit Hundekuchen, die in der Nähe des Kühlschranks auf dem Boden stand.

„Rumkugeln!", rief Emma. „Wir machen Rumkugeln! Gestern Nacht stand doch hier irgendwo eine Flasche *Stroh-Rum*, 80 %-ig. Los, alle Mann an die Arbeit!"

Die Flasche fand sich an – sie stand auf dem Kaminsims und war noch fast voll. Offenbar schien sie nicht der Favorit unter den Getränkewünschen von Ronalds Gästen gewesen zu sein.

Emma war in ihrem hauswirtschaftlichen Element. In einer großen Abwaschschüssel aus Plastik bereitete sie aus den Hundekuchen und dem gesamten Inhalt der Rumflasche einen zähen Brei. Sie bestand darauf, dass Anna und Benno schöne runde Kugeln daraus rollen sollten. Mittlerweile hatte sie auch noch eine Tüte Schoko-Streusel im Vorratsschrank entdeckt.

Das Ergebnis der mühevollen Arbeit war ein Tablett mit wundervollen Rumkugeln, die allerdings fürchterlich stanken.

„Für den menschlichen Verzehr ungeeignet," konstatierte Emma, „aber mal sehen, was die lieben Hundchen dazu sagen."

Die Tür zu öffnen riskierten sie nicht. Sie gingen stattdessen ins erste Stockwerk und warfen die Rumkugeln vom Fenster aus in weitem Bogen auf den Hof.

Benno war etwas skeptisch, was den Appetit der Rottweiler betraf. Zu seiner Überraschung kamen sie aber schwanzwedelnd (so sehr viel Schwanz hatte ein Rottweiler allerdings nicht) angespurtet und machten sich über die Leckerbissen her.

Offenbar waren sie von Ronald sehr kurz gehalten worden.

„Und du meinst, das wirkt?", fragte Anna.

„Hast du schon mal Stroh-Rum pur getrunken? Und *wie* das wirkt!", meinte Emma.

Sie beobachteten die Hunde weiterhin vom Fenster im ersten Stockwerk aus. Gerade war ein erbitterter Kampf um die letzte Rumkugel zwischen den drei Rottweilern entbrannt. Benno hatte bereits den Eindruck, dass einer der Hunde nicht mehr ganz fit war.

„Komm, gehen wir noch einen Kaffee trinken, nach meinen Berechnungen müsste es in zwanzig Minuten soweit sein", schlug Emma vor.

Sie tranken ihren Kaffee bedächtig aus und berieten das weitere Vorgehen. Emma hatte sich eine Zigarette gedreht und auch ihrer Schwester eine angeboten, die diese auch dankbar annahm, obwohl sie eigentlich gar nicht rauchte. Benno schmauchte seine Samstagspfeife.

Es hätte beinahe gemütlich sein können.

Emma unterbrach schließlich die traute Geschwisterrunde:

„Kommt, schauen wir mal nach den Hunden!"

Sie gingen wieder ins obere Stockwerk und blickten auf den Hofplatz. Tatsächlich, alle drei Rottweiler lagen in weitem Umkreis wie tot in der Gegend herum.

Benno warf zum Test einen Blumentopf auf den Hund, der in der Nähe lag und nicht den Eindruck machte, dass er sich jemals wieder bewegen könnte. Der Wurf ging daneben. Erst der nächste Blumentopf traf den Hund am Hinterlauf. Er rührte sich kaum.

„Kommt!", sagte Emma.

Die Geschwister Jenssen achteten sorgsam darauf, dass keine Erinnerungsstücke von ihnen im Haus blieben. Anna hatte noch vorgeschlagen, dass man vielleicht alle Fingerabdrücke abwischen sollte, aber Benno meinte, die Polizei wäre sowieso mit den vielen verschiedenen Fingerabdrücken, die sie im Haus finden würde, völlig überfordert, also könnte man sich die Mühe sparen.

Benno öffnete vorsichtig die Tür und trat auf den Hofplatz. Ganz geheuer war ihm die Sache nicht. Wenn einer der Hunde Alkoholiker wäre und nur so täte, als würde er schlafen ... Aber nichts rührte sich.

„Geht schon mal zum Tor!", flüsterte Benno Emma und Anna zu.

Sie gingen auf Zehenspitzen und stellten zu ihrer Erleichterung fest, dass das Tor zwar *ge*schlossen, aber nicht *ver*schlossen war, so dass man auch noch nach einem Schlüssel hätte suchen müssen.

Benno wollte noch einen kurzen Blick auf Rons Überreste werfen, nur um sicher zu sein, dass ein Irrtum ausgeschlossen wäre.

Es wurde nur ein sehr kurzer Blick.

Aber der Blick hatte genügt.

Ein Irrtum *war* ausgeschlossen.

„Wo bleibst du denn!", rief Anna halblaut, als Benno endlich zum Tor kam.

Sie verließen das Grundstück und ließen das Gittertor wieder zufallen.

Sie gingen in Richtung Volvo und Golf.

Gottseidank, das war geschafft.

„Und nun müssen wir uns bei Iris melden. Mal sehen, wo die abgeblieben ist!"

23. Kapitel

Iris war sehr erfreut, als Benno sich per Handy bei ihr meldete. Sie hatte mitnichten ein Café aufgesucht, wie ihr geraten worden war, sondern sie war zurück nach Mardorf gefahren und dort bei der *Weißen Düne* ein wenig an dem See spazieren gegangen, den diese Norddeutschen in einem offensichtlichen Anfall von preußischem Größenwahn „Meer" getauft hatten. Nach den schrecklichen Eindrücken, die sie gehabt hatte, war ihr eher nach frischer Luft als nach einem Kaffee. Überhaupt konnte sie sich im Moment nicht vorstellen, dass sie überhaupt jemals wieder auf irgendetwas Appetit haben könnte.

Iris hatte noch nie einen Toten gesehen, und dann auch noch in diesem Zustand, nein, es war einfach grässlich, sie wollte nicht daran denken, aber das Bild von dem Rottweiler hinter dem Gittertor ließ sie einfach nicht los.

Hätte sie nicht doch lieber gleich die Polizei anrufen sollen? Aber Benno wusste sicher, was er tat, er hatte auf diesem Gebiet ja einige Erfahrung.

Iris rief Benno an und beschrieb ihm ihren momentanen Standort, und es dauerte auch nur fünf Minuten, bis Benno in einem großen Volvo-Kombi auftauchte. Dahinter fuhren Emma und Anna im Bremer Golf, sie konnte nicht erkennen, wer am Steuer saß. Sie war sicher, dass sie es auch nicht erkannt hätte, wenn sie direkt vor dem Auto gestanden hätte.

Sie ging den anderen, die mittlerweile ihre Autos auf dem Parkplatz des Segelvereins abgestellt hatten, ein bisschen entgegen. Benno kam auf sie zu und umarmte und küsste sie herzlich.

Es tat gut, ihn jetzt leibhaftig vor sich zu haben, nicht nur als Stimme aus der Sprechanlage beim Tor oder durch das Handy.

Man ging ein Stück am Ufer des Steinhuder Meeres entlang und tauschte die verschiedensten Gedanken aus.

Die Sonne schien, es wehte ein laues Windchen, und die Sonnenstrahlen glitzerten auf dem leicht bewegten Wasser. Ein paar Segler beschäftigten sich bereits mit ihren Booten, obwohl die Saison wohl eigentlich noch nicht so recht begonnen hatte.

Iris wäre jetzt auch gern auf dem Wasser gewesen, ein Stückchen entrückt von diesem furchtbaren Ereignis, das sie – jetzt merkte sie die Auswirkungen doch sehr deutlich – wirklich schrecklich mitgenommen hatte.

Benno drückte sie an sich und versuchte sie zu beruhigen, so gut es ging. Er selbst schien aber auch nicht ganz auf der Höhe zu sein, denn sein Blick war ernst, und seine Augen leuchteten kaum.

Iris erzählte ihm davon, wie sie auf die Idee gekommen war, ihm nachzufahren und ein bisschen hinter ihm herzuschnüffeln. Eigentlich hatte sie dabei mehr an ein paar romantische Abende im Hotel gedacht. Benno war durchaus gerührt und fühlte sich ganz und gar nicht beschattet von ihr.

Emma und Anna waren dezent ein paar Schritte hinter ihnen geblieben, und Benno nutzte die Gelegenheit, Iris über den Verlauf der letzten Ermittlungstage aufzuklären. Auch für ihn sei es ein Schock, er wäre Ronald Hargens doch schon sehr nahe gekommen, und – egal, ob er nun einen Versicherungsbetrug begangen hatte oder nicht, das würde sich ja vielleicht noch herausstellen – *so eine Sache* hätte er ihm niemals im Leben gewünscht. Bei dieser Sachlage war es natürlich völlig unmöglich geworden, auch noch nach der verschwundenen Gitarre zu suchen.

Emma und Anna hatten etwas aufgeholt und sich wieder in das Gespräch eingeschaltet. Sie erzählten Iris, warum und wie sie an Ronald Hargens herangekommen waren und dass sie nicht schlecht gestaunt hätten, ihren Bruder plötzlich in der „Stadthalle Cloppenburg" zu treffen. Da hatten sie sich natürlich an ihn herangehängt, denn wo Benno war, da war doch immer etwas los. Allerdings, dass es zu *so etwas* führen würde, das hätten sie nun ja wirklich nicht erwartet. Da hätten sie doch lieber zu Hause gesessen und Klassenarbeiten korrigiert.

„Aber was habt ihr jetzt vor?", fragte Iris so, als ob sie nicht dazu gehörte.

Benno, sonst doch der große Stratege vor dem Herrn, schaute ein wenig ratlos.

„Ich denke, das Beste ist, wir besprechen die ganze Sache mal in Ruhe mit Dankwart Siebelt. Immerhin ist es ja seine Firma, für die ich unterwegs bin. Und wir brauchen ein paar Ideen, wie die Angelegenheit weiter gehen kann. Also, lasst uns nach Hannover fahren, ich rufe Dankwart auf dem Weg dorthin an."

Vom Parkplatz des „Segelvereins Mardorf e.V." setzte sich ein Konvoi aus Volvo, Twingo und Golf in Bewegung. Anna hatte Iris angeboten, ihren Wagen zu lenken, und so saß Iris auf der Fahrt neben Benno und konnte noch einige etwas intimere Gedanken mit ihm austauschen.

24. Kapitel

Hauptkommissar Enno Ottsen von der Mordkommission III der Kriminalpolizei Hannover war nicht gerade bester Laune. Ein Mord – wenn es denn überhaupt ein Mord war – ausgerechnet am Samstagnachmittag. Gut, er hatte zwar Bereitschaftsdienst, aber dass er direkt vom Mittagstisch weggeordert worden war, das war doch einfach schlechter Stil. Und dass sein Chef, der eigentlich doch auch Wochenende hatte, ihn höchstpersönlich angerufen hatte, das fand er schon sehr merkwürdig. Es bestünde der Verdacht, dass jemand den bekannten Musiker Ronald Hargens um die Ecke gebracht hätte, das war eigentlich alles, was er zunächst verstanden hatte. Allerdings, Hargens war ein Promi, wohnte piekfein am Steinhuder Meer, daher kam wohl der große Wirbel und die Aufregung. Spätestens in ein, zwei Stunden würde die Presse Wind davon bekommen, und sein Chef legte sehr viel Wert darauf, dass die Polizei den Leuten von der Zeitung immer noch eine Nasenlänge voraus war. Hargens, der war doch mal bei den „Spiders" dabei gewesen, die waren ja damals direkt weltbekannt. Also würde irgendwann auch noch das Fernsehen anrücken. Enno Ottsen sah eine mit Ü-Wagen und gewaltigen Parabolantennen vollgestopfte Straße vor seinem geistigen Auge.

„Tut mit Leid, Einsatz!", rief er seiner Frau Irene zu, die es schon geahnt hatte und gerade dabei war, Kaffee für die Thermosflasche ihres Mannes aufzusetzen.

„Werner kommt gleich vorbei und holt mich ab!", rief Ottsen erneut, während er sich umständlich den Holster mit seiner für seine eigenen Begriffe viel zu schweren Dienstwaffe umschnallte. Dann zog er das graue Jackett an, das er eigentlich schon für die Reinigung zurechtgelegt hatte.

Seine Frau war in den Flur gekommen und empfahl ihm, er sollte doch lieber den wärmeren Mantel nehmen, sein Hexenschuss sei doch noch nicht so lange vorüber, und sie würde keinen gesteigerten Wert darauf legen, ihn wieder aus dem Bett hieven zu müssen.

Er nahm den wärmeren Mantel.

„So, Irene, Werner ist schon da, ich muss los!"

Sie drückte ihm die alte Aktentasche in die Hand, in die sie fürsorglich nicht nur die Thermosflasche, sondern auch noch zwei Brötchen mit Ennos Lieblings-Leberwurst, eine Tafel Schokolade und die Zigarillos, auf die er zu ihrem Leidwesen nicht verzichten konnte, gelegt hatte.

„Tschüs, mein Schatz, und vielen Dank. Warte nicht auf mich. Kann spät werden, du kennst das ja."

Sie gab ihm einen flüchtigen Kuss und entließ ihn aus der Haustür.

Draußen, an der Straße vor ihrem schlichten, aber gemütlichen Einfamilienhaus, stand der dunkelgrüne Mercedes von Werner. Sie sah ihren Mann einsteigen und noch einmal winken. Werner grüßte sie flüchtig, aber er schien es in der Tat auch sehr eilig zu haben. Der Wagen brauste los, noch bevor Enno sich angeschnallt hatte.

Warte nicht auf mich.

So fingen die Einsätze an, bei denen ihr Mann frühestens am nächsten Morgen, spätestens aber erst nach ein paar Tagen wieder auftauchen würde.

Doch Irene verstand Enno. Er nahm seinen Beruf sehr ernst und ließ nicht locker, wenn er erst einmal einer Sache auf der Spur war. Er galt als der beste Mann bei der Kripo Hannover, und wenn man *ihn* einsetzte, dann musste es schon um eine nicht ganz unwichtige Sache gehen.

Enno Ottsen hatte es sich mittlerweile in Werners Mercedes bequem gemacht. Ohne um Erlaubnis zu fragen, hatte er sich bereits ein Zigarillo angesteckt und mit dem Rauch eine leichte Sichtbehinderung verursacht. Kommissar Werner Werner, nein, das war kein Druckfehler, denn er hieß tatsächlich mit Vor- und Nachnamen Werner, eine Phantasielosigkeit, die er seinen Eltern bis heute nicht verzeihen konnte, ignorierte die Nebelkerze seines Chefs, der für ihn eine Respektsperson war und überhaupt auch mindestens fünfzehn Jahre älter als er. Trotzdem waren sie gute Kollegen, ein eingespieltes Team sozusagen.

Werner wusste, was sein Chef nun von ihm erwartete. Es war ein kurzes „Briefing" auf dem Weg zum Tatort.

Während er den Mercedes rasant durch die Vorortstraßen lenkte, berichtete er seinem Chef, was bisher an sein Ohr gedrungen war:

„Also, es geht um diesen Ronald Hargens. Rock-Musiker, 52 Jahre alt, wohnt in Mardorf am Steinhuder Meer. Umgebautes Bauernhaus mit allen Schikanen, eher eine Art Villa. Scheint recht wohlhabend zu sein. Heute Mittag ging ein Spaziergänger mit seinem Dackel am Grundstück von Hargens vorbei, übrigens alles eingezäunt wie eine Strafkolonie, da sieht er die Hunde von Hargens wie tot auf dem Hofplatz liegen. Er klingelt, keiner öffnet, er betritt das Grundstück, um nach den Hunden zu sehen, da entdeckt er in der Nähe des Hundezwingers die Leiche eines Mannes. Übel zugerichtet, sehr übel sogar. Der Spaziergänger ruft den Polizeiposten Mardorf an, mit Handy natürlich, hat ja heute jeder, der Oberwachtmeister Feldt kommt auch sofort. Feldt sieht sich die Leiche an und identifiziert Ronald Hargens. Ihm scheint das ganze aber eine Nummer zu groß zu sein, und darum macht er Meldung bei der Polizeiinspektion. Und du weißt ja, bekannte Namen, großer Wind."

„Hmm", war der einzige Kommentar von Enno Ottsen.

„Und jetzt sind wir am Zug, Spurensicherung, Absperrung, der Polizeiarzt ist auch schon verständigt, der müsste praktisch mit uns zusammen ankommen."

„Und fummelt da jetzt irgendeiner mit seinen unlegalen Pfoten an der Leiche herum?", fragte Ottsen.

„Nein, der Feldt hat Order, niemanden auf den Hof zu lassen."

„Sehr gut", meinte Ottsen, der es hasste, wenn er an einen Tatort kam, auf dem die Leute wie auf einer Familienfeier herumtrampelten und vielleicht wertvolle Spuren zerstörten.

Werner war ein hervorragender Fahrer und fuhr zwar sehr schnell, aber niemals riskant. Sie brauchten das Blaulicht nicht einzusetzen, und Ottsen war es recht so, denn er legte keinen besonderen Wert darauf, die gesamte Einwohnerschaft von Mardorf und angrenzenden Gemeinden mit irgendeiner überflüssigen Feuerwerkerei anzulocken.

Schließlich kamen sie in Mardorf an, bogen in die L 453 ein und hielten schließlich am Grundstück Nr. 23, das sich durch seine baulichen Besonderheiten bereits von weitem angekündigt hatte.

Vor dem Tor stand der grün-weiße Polizei-Golf älterer Bauart, daneben hatte sich Oberwachtmeister Feldt relativ pflichtbewusst aufgebaut, nur die Dienstmütze fehlte, die hatte er in der Eile vergessen.

Ottsen war das nicht wichtig, er fand stattdessen lobende Worte für Feldts schnellen Einsatz und sein umsichtiges Verhalten.

Ein Trecker hielt in der Nähe respektvoll an, fuhr dann aber doch weiter. Der Bauer winkte zu Feldt herüber, und der erwiderte den Gruß. Andere Neugierige, falls der Bauer überhaupt neugierig gewesen war, gab es gottlob nicht.

Ottsen, Werner und Feldt betraten gemeinsam das Grundstück.

Werner wies auf die drei Rottweiler, die verstreut über den Hofplatz lagen und auf ihn den Eindruck machten, als würden sie ein Sonnenbad nehmen.

„Tot?", fragte Ottsen.

„Nein, die atmen noch", antworte Feldt. Er hätte sich vorhin die Hunde angesehen, er kannte sie ja, das waren Arno, Bertram und Cäsar, reinrassige Rottweiler, die hätte Hargens vor drei Jahren von einem Züchter hier ganz in der Nähe erworben. Normalerweise wären sie jetzt in ihrem Zwinger, Hargens würde sie meistens nur nachts rauslassen oder tagsüber, wenn niemand zu Hause war. Nur, als der Einbruch war, am 20. April, er hätte den Fall ja zunächst selbst untersucht, da wären sie seltsamerweise auch in ihrem Zwinger gewesen.

„Ein Einbruch?", stutzte Ottsen. Na, egal, er würde sich die Akte später mal kommen lassen.

„Da ist der Doktor!", rief Werner, und er schien etwas erfreut über diese Tatsache zu sein. Er mochte keine Leichen, und es war immer ein beruhigendes Gefühl, den Arzt in der Nähe zu wissen.

„Gut, dann warten wir und nehmen mit Dr. Helfrich gemeinsam die Leiche in Augenschein."

Dr. Helfrich war, wie Enno Ottsen, ein alter Hase. Er wirkte zwar etwas betagt mit seinem zotteligen schlohweißen Haarschopf und dem hageren Körper, er war aber so agil, dass er noch manchem jungen Kollegen etwas vormachen konnte.

Er trug einen kleinen Koffer und hatte bereits einen weißen Kittel und die Gummihandschuhe in der anderen Hand.

„Hallo Enno," rief er, „moin, Werner, guten Tag, Herr Wachtmeister! Worum geht's denn hier? Soll ich die Hunde wieder aufwecken?"

„Also, Heinrich, das sieht so aus ..."

Ottsen berichtete kurz seinen Wissensstand, wobei der Doktor ihm aufmerksam zuhörte und hin und wieder nickte.

Dann ging man zur Leiche, von der man bereits einige Teile an anderen Stellen gesichtet hatte.

„Der sieht ja nicht mehr sehr gesund aus, der Junge."

Enno störte diese Ausdrucksweise keineswegs. Es half, wenn man seinen Humor behielt, das machte manches erträglicher.

Allerdings, die Art und Weise, wie Ronald Hargens zugerichtet worden war, das drehte auch einem alten Kripo-Mann wie Enno Ottsen etwas den Magen um.

Werner Werner war in respektvollem Abstand hinter ihm geblieben. Enno wusste, dass der Kollege höchstens mit einem Auge hinsehen konnte.

„Den Puls brauch' ich wohl nicht mehr zu fühlen, ohne Hände wird das sowieso nichts", konstatierte Dr. Helfrich.

Er hatte sich neben den Leichnam gebückt und nahm mit seinen Gummihänden einige Instrumente aus seinem Koffer.

Enno wartete ab. Man durfte Heinrich jetzt nicht stören.

Werner wandte sich an Feldt: „Und es ist niemand zu Hause? Frau und Kinder? Keine Verwandten?"

„Nee," meinte Feldt, „die Frau ist dem Hargens ja weggelaufen, und der Sohn ist auch schon lange aus dem Haus. Der studiert, glaub' ich, in Münster. Jura wohl, schon ein paar Jahre. Der hat seinen Vater auch nicht allzu oft besucht. Wissen Sie, so was kriegt man mit, wenn man hier auf dem Lande wohnt. Entweder kriegt man es selbst mit, oder die Leute erzählen es einem. Auch, wenn man es gar nicht wissen will. Da kommt keiner dran vorbei."

Dr. Helfrich hatte sich mittlerweile erhoben. Seine vorläufige Untersuchung war beendet.

Enno Ottsen wartete ab.

„So, hier hab' ich noch `n Schluck Medizin für uns. Ich glaub', das können wir jetzt brauchen!"

Dr. Helfrich hatte eine Flasche Magenbitter aus seinem Koffer gezogen, nahm einen kräftigen Schluck und reichte sie weiter. Niemand lehnte ab.

„Also, Enno, ganz einfach: Diagnose: Mausetot. Zeitpunkt des Todes zwischen vier und sechs Uhr heute Morgen. Todesursache: Im Klartext: Schock und / oder Verbluten durch zahlreiche äußere Verletzungen. Man kann ja gar nicht aufzählen, was dem Mann alles fehlt. Muss ja glatt `ne Beerdigung auf Raten werden. Ob der

Schock oder der hohe Blutverlust direkte Todesursache gewesen ist, das kann ich aber erst sagen, wenn ich den Herrn in meinem Gruselkeller auseinandergesägt habe."

Dr. Helfrich nahm noch einen Schluck Magenbitter. Es war offensichtlich, dass sogar ihm der Anblick von Ronald Hargens' Überresten nahe gegangen war.

„Und wie könnten die Verletzungen entstanden sein?", fragte Enno Ottsen.

„Ich will ja nicht zu voreilig sein," sagte Dr. Helfrich, „aber ich tippe auf Hundebisse. Hier, guck' mal – eindeutige Spuren von Reißzähnen. Könnte ein Hund gewesen sein, oder mehrere. Wahrscheinlich doch mehrere. Die haben ihn wohl regelrecht auseinandergerissen."

Merkwürdig nur, dass diese Köter auf dem Hofplatz schliefen und keine Notiz von ihnen nahmen.

Enno Ottsen hatte zwar keine Angst vor Hunden, aber er schlug vor, dass Feldt und Werner die Hunde lieber in den Zwinger zurückbringen sollten.

Es geschah mit Hilfe einer Sackkarre, die eigentlich den Transport von Lautsprecherboxen erleichtern sollte.

Während sie auf die Spurensicherung warteten, sprachen Ottsen und Dr. Helfrich leise miteinander.

„Eins kapier' ich nicht, Heinrich, wenn diese Viecher ihr eigenes Herrchen aufgefressen haben, warum liegen sie denn hier herum wie tot? Da stimmt doch was nicht."

„Bin ich Veterinär?", fragte Dr. Helfrich.

Das war vielleicht keine schlechte Idee. Man sollte die Hunde untersuchen lassen, vielleicht standen sie unter Drogen. Mit Sicherheit schliefen sie nicht wegen ihres schlechten Gewissens. Werner Werner sollte mal gleich das Kreisveterinäramt anrufen, da hatte doch bestimmt auch irgend so ein armer Teufel Bereitschaftsdienst. In Amerika hätte man in so einem Fall wahrscheinlich auch noch einen Hundepsychologen hinzugezogen.

„Hast du noch 'n paar Gummihandschuhe für mich?", fragte Enno den Arzt.

„Ja, sicher, gern."

Enno war aufgefallen, dass etwas aus der Innentasche der blutverkrusteten Jeansjacke hervorlugte. Mit zwei spitzen Fingern zog er

Ronald Hargens' Brieftasche heraus. Vorsichtig untersuchte er den Inhalt.

„Mmh, Ausweis, Führerschein, Kreditkarten, etwas Bargeld, Tabakreste, eine Visitenkarte."

```
Ben E. Snoop
Management Consultant
Griffith Park Media Inc.
269 Franklin Ave.
Los Angeles, CA.
```

Auf der Rückseite hatte offenbar Ronald Hargens, die Schrift war der Unterschrift auf dem Ausweis sehr ähnlich, notiert: *Verden, Sancho Pansa, 4. Mai: Ben macht Angebot USA*

Der 4. Mai – das war ja am Mittwoch, heute war Sonnabend, wenn Hargens vielleicht diesen Mann getroffen hatte, schien der ja ziemlich wichtig zu sein, immerhin eine Spur, der man nachgehen sollte.

Enno Ottsen stutzte. Wieso sollte er eigentlich irgendwelchen Spuren nachgehen? Der Fall war doch vollkommen klar: Klassischer Unfall, kein Mord. Das deutsche Strafrecht hatte nicht vorgesehen, dass Hunde ihren Besitzer *ermorden* könnten.

Aber trotzdem oder gerade deshalb: Mit diesen Hunden stimmte etwas nicht. Die ganze Sache war doch oberfaul.

Die Spurensicherung war eingetroffen. Man ging routiniert, aber nicht übereilt zu Werke. Es wurden die üblichen Fotos gemacht, sogar von den Hunden.

Nun könnten sie mal das Haus unter die Lupe nehmen. Vielleicht gäbe es dort irgendeinen Hinweis.

„Werner," sagte Ottsen, als sie durch die Haustür gingen, „lass mal 'ne Fahndung rausgehen nach einem gewissen Ben Snoop aus Los Angeles. Der Herr wird als wichtiger Zeuge in einem Mordfall gesucht. Ja, Mord. Müssen wir doch zunächst mal von ausgehen. An alle Dienststellen, Flughäfen et cetera. Und lass auch 'ne Radiomeldung rausgehen!"

25. Kapitel

„Ich glaub', es ist ein bisschen näher, wenn wir über Neustadt am Rübenberge fahren und dann die B 6 nehmen."
Iris hatte die Straßenkarte auseinandergefaltet und übernahm, obwohl es eigentlich überflüssig war, weil Benno Hannover und Umgebung noch aus dem Effeff kannte, die Führung des Fahrzeuges. Benno war es aber recht, er hätte auch diese Route gewählt. Nach den eher nervenaufreibenden Ereignissen der letzten Stunde tat es gut, wieder etwas Routinemäßiges wie Autofahren zu tun. Auf den Straßen war nicht allzu viel los, die Hannoveraner und die sie umgebenden Menschen zogen es offenbar vor, zu Hause zu bleiben oder im Stadion beim Spiel Hannover 96 gegen Eintracht Frankfurt zu sitzen.
Iris entspannte sich zusehends und gab sich einer etwas lockereren Sitzhaltung hin.
„Schick siehst du aus," sagte sie zu Benno, während sie ihn am Steuer des Volvo vom Beifahrersitz aus beäugte, „wo hast du denn diese Sachen her?"
Sie spielte auf Bennos Rockmusik-mäßige Bekleidung an, die Jeans, das schwarze T-Shirt und die lässige Lederjacke, die ihm besonders gut stand.
„Du siehst ja fast zehn Jahre jünger aus damit, so was solltest du öfter tragen."
Benno wurde etwas verlegen. Er mochte es nicht, wenn man seine Kleidung kritisierte, weder negativ noch positiv. Daher erklärte er Iris, dass dieses Outfit weniger seinem eigenen Geschmack entsprach, sondern eher seiner Rolle als Ben Snoop aus Los Angeles.
Iris lächelte, denn sie stellte sich selbst gerade als Mrs. Snoop aus L.A. vor. Vielleicht sollten sie mal irgendwann dahin fliegen.
Benno schaute etwas öfter als gewöhnlich in den Rückspiegel, denn er wollte Anna und Emma nicht verlieren.
Er hatte, kurz nachdem sie von Mardorf weggefahren waren, Dankwart Siebelt über Handy erreicht, was Iris etwas missbilligt hatte, Benno wüsste doch, dass das Telefonieren mit dem Handy während der Fahrt verboten sei. Dankwart war erwartungsgemäß nicht im Büro gewesen, sondern zu Hause in Hannover-Letter,

Eichendorffstraße 20, wo er sich heute Nachmittag eigentlich der Pflege seines Autos hingeben wollte. Als Benno ihm avisiert hatte, dass er einen Konvoi von drei Fahrzeugen in der Eichendorffstraße zu erwarten wäre, hatte Dankwart nur gemeint, solange es keine Lastwagen wären, dürfte dies kein besonderes Problem darstellen. Er würde sich aber freuen, die Damen – er meinte natürlich Bennos Schwestern und Iris – kennen zu lernen. Seine Frau wäre leider nicht da, sie sei gerade zu einer Auktion in Amsterdam.

„Und wie ist sie so, die Frau Siebelt?", wandte sich Iris neugierig an Benno.

„Ach, sehr nett, die beiden sind auch erst ungefähr seit fünf Jahren verheiratet. Sie hat eine kleine Galerie in Hannover, sie verkauft relativ teure Gemälde an die Schickeria, Hoflieferantin von König Gerhard sozusagen. Dankwart hat sie mal im Rahmen einer Ermittlung kennen gelernt, das ging damals um einen Einbruch in ihrer Galerie, und die Versicherung hatte vermutet, dass sie bei sich selbst eingebrochen hätte. Dem war aber ganz und gar nicht so, und Dankwart hatte den Fall niedergelegt und ihr aber dafür sein Herz zu Füßen. Da konnte sie schlecht nein sagen."

„Ihr Detektive scheint eure Frauen offenbar nur rein beruflich kennen zu lernen", meinte Iris.

Sie hatten Letter erreicht. Stöckener Straße, Wilhelm-Busch-Straße, jetzt waren sie in der Eichendorffstraße. Der Twingo und der Golf folgten ihnen. Benno hielt vor dem Haus Nummer 20, einem großzügigen Einfamilienhaus aus rotem Backstein, das vielleicht zehn oder fünfzehn Jahre alt war. Vor der Doppelgarage stand Dankwarts Auto, ein Peugeot 607 mit hellen Ledersitzen, dessen Pflege durch die Nachricht von der Ankunft der gesammelten Jenssen-Bande nunmehr jäh abgebrochen worden war.

Sie stellten sämtliche Fahrzeuge am Straßenrand ab und sammelten sich gesittet vor Dankwarts Tür.

Die Begrüßung war durchaus herzlich, aber Dankwart sah Benno schon an, dass der etwas auf dem Herzen hatte. Dankwart bat die Damen und Benno ohne Umschweife ins Wohnzimmer, wo er sie in die Sitzgruppe nötigte. Er hatte bereits den Couchtisch gedeckt und offerierte Kaffee und Gebäck, Kuchen könnte er leider nicht anbieten, wenn er das früher gewusst hätte, hätte er natürlich seinen gefürchteten altdeutschen Kirschkuchen gebacken. Emma zweifelte etwas daran, trotz Emanzipation kannte sie nur sehr wenige Männer, die zu Tätigkeiten in der Küche fähig waren. Wenn sie aber ehrlich war, musste sie zugeben, dass sie überhaupt nur wenige Männer kannte und auch kein großes Interesse daran hatte, weitere Exemplare dieser Gattung näher in Augenschein zu nehmen.

Dankwart konnte sich als Meister der Gemeinplätze natürlich auch einige eher altväterliche Komplimente in Richtung der Damenwelt nicht verkneifen, „das doppelte Lottchen" als Anspielung auf Emmas und Annas Zwillingsschwesternschaft durfte dabei nicht fehlen. Allmählich kam man dem Kern der Sache etwas näher. Dankwart schenkte Kaffee nach, übrigens durchaus kein schlechter Kaffee, wie auch Iris als Kennerin feststellen musste.

Benno brachte seinen (ehemaligen) Chef zunächst ermittlungsmäßig auf den letzten Stand der Dinge, wobei von Emma und Anna einige illustrierende Bemerkungen eingeworfen wurden. Zum Schluss erklärte Iris, wie sie in die ganze Sache völlig unbeabsichtigt hineingeschlittert war.

Dankwart, der zunächst die Ausführungen noch mit humorvollen Einwürfen und dem einen oder anderen seiner Meinung nach passenden Gemeinplatz kommentiert hatte, wurde zusehends nachdenklicher und blickte schließlich sogar mit Sorgenmiene drein.

„Okay, Benno, ich kann das ja alles verstehen, aber ihr hättet lieber gleich die Polizei anrufen sollen. Dadurch, dass ihr einfach abgehauen seid, habt ihr euch doch nur verdächtig gemacht. Wenn sich nun einer die Autonummern gemerkt hat oder euch beobachtet hat, das bringt euch doch sofort in den Zusammenhang mit dem Tod von Ronald Hargens. Am Ende heißt es noch, das war euer Werk."

Benno war enttäuscht. Von Dankwart hatte er eigentlich mehr Verständnis erwartet.

„Das ist doch gerade der Punkt, Dankwart, wenn die Polizei einen erst mal hat, dann hängt sie ihm auch was an. Und dem wollten wir lieber vorbeugen. Ich hab' meine Erfahrungen mit der grünen Zunft. Wen die erst mal in den Klauen haben, den lassen sie nicht mehr los", sagte Benno. Ihm selbst kam seine Argumentation mehr als dünn vor.

Emma, Anna und Iris schwiegen betroffen. Bei Iris überraschte es Benno nicht, aber dass Emma und Anna gar nichts dazu sagten, das kam ihm schon etwas merkwürdig vor. Hatte Dankwart am Ende

Recht? Wäre es nicht doch besser gewesen, einfach im Hause zu bleiben und die Polizei zu verständigen? Andererseits, wie hätte man das plötzliche Auftauchen von Iris erklären können? Irgendetwas wäre der Polizei doch wieder komisch dabei vorgekommen ...

Benno mochte es drehen und wenden, wie er wollte. Man musste die Sache wieder geradebiegen, müsste sich doch bei der Polizei melden und alles in ein Licht rücken, mit dem auch die Hüter der öffentlichen Ordnung zufrieden wären. Niemand im Hause Hargens hatte Ben Snoops wahre Identität erkannt, also konnte er doch Ben Snoop bleiben. Emma und Anna waren nur als eben „Emma und Anna aus Bremen" erwähnt worden, und Iris war ja erst am nächsten Morgen erschienen und hatte überhaupt keinen Kontakt zu einem Bewohner oder Gast des Hauses Hargens gehabt, wenn man einmal von den Hunden absah, denen sie sich sicherlich nicht namentlich vorgestellt hatte.

Die anderen schauten Benno erwartungsvoll an. Er hatte sein „Plan-Gesicht", sicher hatte er jetzt irgendeinen Ausweg erdacht, wie man heil und ohne Mordverdacht wieder aus der ganzen Sache herauskommen könnte.

„Möchte noch jemand einen Keks?", fragte er.

26. Kapitel

Hauptkommissar Enno Ottsen und Kommissar Werner Werner saßen in Ottsens Büro an den beiden gegenüberliegenden Schreibtischen. Der Sichtkontakt war etwas durch die Computer behindert, so dass Ottsen und Werner einem Beobachter den Eindruck vermittelt hätten, sie würden beide an einer Schieflage der Halswirbelsäule leiden, während sie miteinander sprachen. Es herrschte eigentlich eine allgemein friedliche Wochenendstimmung im Gebäude der Kripo, die davon herrührte, dass die meisten Büroräume schlicht und einfach verwaist waren. Die Mehrzahl der Kollegen konnte nun entspannen und sich dem süßen Nichtstun hingeben, während Ottsen und Werner einen Fall am Hals hatten, von dem sie beide nicht gerade besonders begeistert waren. Im Moment war Werner allerdings am wenigsten begeistert, der Anblick von Ronald Hargens' Leiche saß ihm noch in den Knochen. Dies war unter anderem der Grund gewesen, weshalb Ottsen die Zelte am Tatort in Mardorf abgebrochen hatte und die Kollegen von der Spurensicherung gebeten hatte, ihm etwaige Ergebnisse ihrer Tätigkeit direkt in sein Büro nach Hannover zu melden.

Ottsen und Werner hatten vor ihrem Aufbruch noch das Haus von Ronald Hargens in Augenschein genommen, es hatte offensichtlich am Abend zuvor eine große Fete gegeben, einige Leute schienen auch im Hause übernachtet zu haben, denn man fand Spuren von verschiedenen Sorten noch nicht eingetrockneter Zahnpasta in einem der Bäder, das offensichtlich zum Bereich der Gästezimmer gehörte. Das konnte natürlich zu der Idee führen, dass noch andere Leute im Haus gewesen waren, als Hargens von seinen Vierbeinern als Hundefutter betrachtet wurde. Im Schlafzimmer, das offenbar zum Hausherrn selbst gehörte, gab es noch ganz andere, allerdings schon etwas eingetrocknete Spuren.

Überall hatte man eifrige Damen und Herren von der Spurensicherung gesehen, die alles in Augenschein nahmen, sammelten und fotografierten. Irgendwie waren sie Enno und Werner wie Schmetterlingsjäger auf der Jagd nach seltenen Exemplaren vorgekommen.

Ottsen schüttelte den Kopf. „Werner, das kommt mir alles reichlich spanisch vor. Da feiert der Hargens eine Riesenfete, du hast doch auch die ganzen Flaschen und Gläser gesehen, da sind eine Menge Leute dabei, aber am nächsten Tag sind sie alle wie vom Erdboden verschluckt. Na, wir werden das schon rausfinden, mal seine Bekannten durchchecken, irgendeiner von denen muss doch wohl dabei gewesen sein. Und mit wem er das Bett geteilt hat, die Dame oder der Herr, wer weiß das schon heutzutage, das ist vielleicht diejenige, meinetwegen auch derjenige, der ihn zuletzt lebendig gesehen hat."

„Okay," meinte Werner, „vor Montag können wir da aber nicht rangehen, es sei denn, wir kriegen plötzlich Verstärkung von der Polizeischule. Aber, was mich so stutzig macht, das sind diese Köter. Liegen da einfach und pennen, das gibt's doch gar nicht. Oder hatte der Hargens etwa so viele Drogen intus, dass es auch noch für die Rottweiler gereicht hat?"

Das Faxgerät summte und brummte eine Weile vor sich hin. Enno Ottsen wäre gern selbst aufgestanden und hätte das eingehende Fax geholt, aber als Chef überließ er es Werner.

„Schau mal hier," meinte er, als dieser sich wieder an den Schreibtisch gegenüber von Ottsen setzte, „da ist schon das vorläufige Ergebnis der tierärztlichen Untersuchung. Die Hunde sind im Prinzip wieder wohlauf, aber sie hatten alle einen Blutalkoholgehalt zwischen 3,9 und 4,7 Promille. Eigentlich schon fast eine tödliche Dosis für diese Tiere. Du, da hat einer die Köter besoffen gemacht!"

„Aber warum, das ergibt doch keinen Sinn. Warum sollte Hargens seine Köter mit Wodka tränken, und warum sollte es ein anderer tun? Als Partyknüller vielleicht? Oder hat jemand damit etwas vertuschen wollen? Aber was?"

Wie immer, wenn sie nicht weiter wussten, begannen sie wieder ganz von vorne.

„Also, Enno," sagte Werner, „da ist eine Fete in Ronald Hargens' Haus in Gange. Am frühen Morgen, wenn die Zeitangabe von Dr. Helfrich stimmt, geht Hargens aus dem Haus, aus welchem Grunde, wissen wir nicht. Ich kann mir kaum vorstellen, dass er nur Brötchen holen wollte. Dabei wird er von seinen eigenen Hunden angefallen und getötet, regelrecht auseinandergerissen und zerfetzt. Die müssen ja einen richtigen Hass auf ihn gehabt haben. Normalerweise würde doch auch ein sehr scharfer Hund sich niemals gegen seinen Herrn erheben. Also – vielleicht hat er etwas Ungewöhnliches getan, oder er hat komisch gerochen. Ja, vielleicht nach dieser Frau, mit der er ins Bett gestiegen war. Nehmen wir mal an, dass es eine Frau war. So, aber das Komische ist doch, dass keiner im Haus etwas mitgekriegt hat, obwohl da doch bestimmt – außer dieser Frau – noch jemand anders übernachtet hat. Aber nicht nur, dass sie nichts mitbekommen haben von Hargens' Tod, am nächsten Tag verschwinden sie alle spurlos."

Enno Ottsen hatte Werner Werner nachdenklich zugehört.

„Eines hast du einfach vorausgesetzt, Werner," meinte er, „es ist doch nicht gesagt, dass die anderen im Hause nichts mitbekommen haben. Vielleicht haben sie doch etwas gehört oder gesehen, allerdings verstehe ich dann nicht, warum sich dann niemand um Hargens gekümmert hat, nicht den Rettungsdienst oder die Polizei angerufen hat. Das lässt den Schluss zu, dass die Person oder die Personen im Hause die Tötung Hargens' durch die Hunde gebilligt oder sogar absichtlich herbeigeführt haben."

Ottsen brach seinen Gedankengang ab. Er kam ihm selbst einfach zu absurd vor.

„Aber dann", setzte Werner ein, „fehlt uns doch das Motiv. Aus welchem Grunde sollte jemand einen anderen mit Hilfe von dessen eigener Hundemeute ins Jenseits befördern?"

„Ach, was weiß ich, vielleicht sind die Köter ja verhext worden!"

Enno Ottsen begann ungeduldig zu werden. Er hatte leichte Kopfschmerzen und auch etwas Hunger. Es gab da einen ursächlichen Zusammenhang: Immer, wenn er Hunger hatte, bekam Enno Ottsen leichte Kopfschmerzen.

„Komm, Werner, gehen wir mal kurz in die Kantine, ich könnte noch einen frischen Kaffee brauchen, und vielleicht ist da noch ʼn Stück Kuchen von gestern übrig."

In diesem Moment klingelte das Telefon.

Es war der Chef, Enno meinte es schon am Klingelton gehört zu haben.

„Ottsen", sprach er betont langsam. Er hatte die Lautsprechertaste am Telefon betätigt, damit Werner mithören konnte.

„Herr Ottsen," sprach Kriminalrat Moritz Schmitz sehr hastig, „die Sache Hargens ist jetzt schon in aller Munde! Die Pressestelle kriegt einen Anruf nach dem anderen, von der Zeitung und sogar schon von zwei Fernsehgesellschaften. Man fragt, ob etwas dran sei am

Gerücht, Ronald Hargens hätte sich umgebracht. Da gehen schon die wildesten Theorien durchs Land!"

„Bei uns quatscht keiner", verteidigte Enno Ottsen seine Abteilung, die gegenwärtig lediglich aus Werner Werner und seiner eigenen Person bestand. „Von Selbstmord kann voraussichtlich überhaupt keine Rede sein, ob Unfall oder Mord – das lässt sich noch nicht sagen, wir brauchen die Obduktionsbefunde und vor allem Aussagen von möglichen Zeugen. Es wird schon nach einem Amerikaner gefahndet, mit dem Hargens zumindest vor ein paar Tagen zusammen gewesen sein könnte."

Den Chef schien das nicht besonders zu befriedigen. Ottsen hielt ihn hin, das war ja wohl klar, und gleich würde er auch noch Verstärkung anfordern. Doch da hatte er sich getäuscht.

„Herr Schmitz, wenn Sie den Leuten von der Pressestelle klar machen könnten, dass wir vor Montag noch überhaupt keine Ermittlungsergebnisse mitteilen können, dann wäre ich Ihnen sehr dankbar. Wir müssen im Moment allen Spuren nachgehen und in sämtliche Richtungen ermitteln. Doch wir brauchen Zeit und einen freien Rücken. Und es wäre nett, wenn Sie Montag für mich Zeit hätten, dann kann ich Sie näher informieren."

Der Chef hatte verstanden. Er wusste schon, dass er Ottsen mit seinem Anruf auf die Nerven gegangen war. Der Ottsen, das war schon sein bester Mann, das war ihm ja klar.

„Also gut, Herr Ottsen, bis Montag haben Sie freies Schussfeld. Aber bitte informieren Sie mich sofort, wenn es irgendein konkretes Ergebnis geben sollte!"

Das Gespräch war beendet.

Ottsen und Werner brauchten jetzt wirklich ihren Kaffee.

27. Kapitel

Enno Ottsen und Werner Werner hatten ihre Kaffeepause in der Kantine beendet. Sie waren die einzigen Gäste gewesen, doch die etwas mürrische ältere Dame, die wohl auch unter ihrem Wochenenddienst litt, hatte ihnen frisch gebrühten Kaffee und zwei Stücke recht annehmbaren Apfelkuchen anbieten können. Enno hatte sich durch die Aufnahme frischer Nahrung zusehends erholt und hatte auch sein Zigarillo heftig dampfen lassen, was er sich an Werktagen wegen der giftigen Bemerkungen mancher Kollegen nicht traute. Auf Werner nahm er weniger Rücksicht, aber dafür akzeptierte er auch dessen Allüren.

Sie waren wieder in Ennos Büro, und Werner war gerade dabei, vorläufige Ermittlungsergebnisse auf kleine Kärtchen zu schreiben und diese dann an die Pinnwand zu heften. Er überlegte, welche Anordnung der Karten er nun vornehmen sollte. Schließlich entschied er sich für ein etwas chaotisches Durcheinander. Man könnte ja später etwas Ordnung hineinbringen, wenn man selbst erst einmal etwas besser durchblicken würde.

Enno war auch nach Aktivität zumute. Er rief Oberwachtmeister Feldt in Mardorf an, eigentlich nur, um den Kontakt zu ihm aufrecht zu halten.

Zunächst bekam er dessen Tochter an den Apparat, die wahrscheinlich im Teenageralter war und auf den Anruf ihres Freundes gewartet hatte. Enno musste sie leider enttäuschen, und schließlich bekam er Feldt ans Telefon, er klang ein bisschen so, als wäre er aus einem Spätnachmittagsschlaf geholt worden.

„Ja, Polizeiposten Mardorf, Feldt?"

„Moin, Herr Feldt, hier ist noch mal Ottsen von der Kripo Hannover. Gibt's bei Ihnen schon irgendwelche Neuigkeiten?"

„Kann man nicht direkt sagen, Herr Hauptkommissar. Aber vorhin kam noch der Jagdpächter vom Flurstück Nr. 32 vorbei, das ist übrigens das Waldstück in der Nähe von Hargens' Haus, der war heute früh gegen sieben Uhr mit seinem Wagen am Haus vorbeigefahren. Da standen nach seinen Angaben noch zwei Fahrzeuge am Wegesrand, ein großer Volvo-Kombi und ein älterer Golf."

„Kennzeichen bekannt?"

„Nein, leider nicht, da hat er gar nicht drauf geachtet. Bei der Wagenfarbe war er sich auch nicht ganz sicher. Zuerst meinte er, es waren ein schwarzer Golf und ein grüner Volvo, dann war der Golf plötzlich grau und der Volvo schwarz."

„Naja, immerhin ein Hinweis darauf, dass zu der Zeit noch Gäste im Haus waren, die sich dann später entfernt haben. Aber die müssten doch die Leiche gefunden haben. Merkwürdig. Gut, Herr Feldt, haben Sie die Aussage des Mannes zu Protokoll genommen? Nicht? Auch nicht so schlimm, schreiben Sie einfach ein paar Sätze dazu auf, die Personalien, den Mann kennen Sie ja sicher, und faxen Sie uns das zu. Ja, die Nummer ist ..."

Irgendein Volvo, irgendein Golf. Das war ja wie die Suche nach der berühmten Stecknadel im Heuhaufen.

„Ach, Werner, ruf doch mal beim Einbruch an und lass' dir die Akte vom Einbruch in Hargens' Haus rüberschicken. Ja, klar, dringend."

Ottsen sah zwar keinen Zusammenhang, aber er wollte nichts unversucht lassen. Wenn es schnell ging, hätte er die Akte vom Einbruchsdezernat in einer halben Stunde da.

Er besann sich. Lieber doch selbst mal schnell durchrufen, das war wenigstens mal eine kleine Abwechslung.

Ottsen suchte die Nummer heraus und wählte. Zunächst ging niemand ans Telefon, doch schließlich meldete sich doch die Stimme einer Kollegin:

„Ja, Einbruchsdezernat, Schreiber."

Na, prima, er kannte die Frau Schreiber vom Polizeisportverein, sie hatte auch jahrelang in der Tischtennis-Sparte gespielt.

„Hallo Margot, Enno hier. Na, du Ärmste, schiebst du auch Wochenenddienst? Viel los bei euch? Nee? Du, ich hab' da mal `ne Frage: Hast du Ahnung von dem Einbruch bei einem Ronald Hargens?"

„Sicher, Enno, der Fall ist ja auch über meinen Schreibtisch gegangen. Moment mal, ich ruf' mal eben die Datei auf: Ja, hier: Einbruch am 20. April, Mardorf am Steinhuder Meer, Ronald Hargens, Musiker und Komponist, nur eine einzige Gitarre ist gestohlen worden, aber ein sehr wertvolles Stück. Mit 350.000 Euro versichert. Der Täter hat mit einem Feldstein ein Fenster eingeworfen und ist dann ins Haus eingedrungen. Keine Tatzeugen. Hargens war in der Nacht nicht zu Hause und will den Einbruch erst am späten Vormittag des folgenden Tages bemerkt haben. Die Hunde waren im Zwinger, nicht auf dem Grundstück, angeblich hatte er vorgehabt, noch spätabends nach Hause zu kommen und sie dann herauszulassen wie immer, aber er behauptet, er wäre bei einem Freund versackt und hätte da übernachtet. Der Einbrecher hat keine Spuren hinterlassen, keine Fingerabdrücke, keine Haare, kein sonstwas. Muss ein Vollprofi gewesen sein. Allerdings könnte Hargens es auch selbst inszeniert haben, um an die Versicherungssumme heranzukommen, aber wenn er es getan hat, dann auf äußerst geschickte Weise. Wir haben jedenfalls keine Anhaltspunkte für einen begründeten Verdacht gegen ihn. Die Versicherung, die *Hannoversche Feuer- und Sach*, sieht das natürlich anders, aber das kann man sich ja vorstellen, keine Versicherung zahlt gerne."

„Gut, Margot, ich kann mir da schon ein Bild von machen. Aber bist du so nett und schickst mir die Akte mal rüber? Der Hargens ist nämlich tot – Unfall oder Mord. Ist heute Morgen passiert."

„Hab' ich mir schon gedacht, wenn die Mordkommission bei mir anruft. Na, nun wird er ja nichts mehr von der Versicherungssumme haben."

„Also, nochmals danke, Margot. Ich kann jetzt leider nicht mehr weiterplaudern, ich hab' da grad' eine Idee ..."

„Ist gut, Enno, bis demnächst mal, und grüß' deine Frau von mir. Die Akte lass' ich dir gleich rüberbringen."

Versicherungssumme, das war Ennos Stichwort gewesen.

„Du, Werner, wir müssen mal überprüfen, wo und wofür oder wogegen Hargens versichert war. Ich hab' das Gefühl, da könnten wir fündig werden. Übrigens – was ist mit seiner Frau? Und: Was ist mit Kindern? Der Feldt sprach, glaub' ich, nur von einem Sohn. Kannst du das noch mal überprüfen?"

Werner nickte und fertigte ein neues Kärtchen für die Pinnwand an.

28. Kapitel

„Mädels, wie gut seid ihr in Englisch?"
Bennos Frage führte zu allgemeiner Ratlosigkeit am Kaffeetisch in Dankwart Siebelts Haus in Hannover-Letter, Eichendorffstraße 20. Dankwart schaute Benno an, als ob dieser nicht mehr alle Tassen im Schrank hätte. Iris blickte ihn zwar aufmerksam, aber ebenso verständnislos an.
Allein Emma und Anna schienen den Braten zu riechen. Dies schien ja wieder einmal einer der gefürchteten Jenssenschen Geniestreiche zu werden.
„No problem for us", begann Emma, und Anna ergänzte: „Immerhin haben wir in der Oberprima bei *Macbeth* zwei der Hexen gespielt, übrigens mit durchschlagendem Erfolg, falls du dich erinnern solltest. Kleine Kostprobe gefällig? –

> A sailor's wife had chestnuts in her lap,
> And munch'd, and munch'd, and munch'd: -
> "Give me," quoth I:
> "Aroint thee, witch!" the rump-fed ronyon cries.
> Her husband's to Aleppo gone, master o' the Tiger:
> But in a sieve I'll thither sail,
> And, like a rat without a tail,
> I'll do, I'll do, and I'll do.

Bevor auch Emma ihr Hexen-Englisch zum Besten geben konnte, bremste Benno sie sicherheitshalber aus:
„Okay, okay, das klingt schon ganz gut, vielleicht ein bisschen unmodern. Aber es dürfte reichen, euch der Polizei als Englisch sprechende Damen zu verkaufen."
Bei Iris verzichtete Benno auf eine Kostprobe ihres Könnens, ihm war ja bekannt, dass sie nach ihrer Ausbildung zur Reno-Gehilfin noch ein Jahr auf einer Fremdsprachenschule in Wiesbaden gewesen war.
„Benno, du hast doch was vor mit uns", meinte Iris mit leichtem Misstrauen in der Stimme.

Emma und Anna waren dagegen schon ganz auf seiner Seite. Sie witterten ein Abenteuer, das allerdings keine unendliche Geschichte werden dürfte, beide hätten Montag zur ersten Stunde Unterricht, und Anna hätte auch noch Frühaufsicht, da müsste sie pünktlich sein, sonst gäbe es wieder Ärger.

„What's your plan, Ben?", fragte Dankwart interessiert. Er kannte ja Benno und wusste, dass man ihn jetzt besser gewähren ließ.

„Dankwart – jetzt kannst du mal zeigen, was die Detektei K & S noch alles draufhat!"

Am frühen Abend fand in der Detektei K & S, *Am Kanonenwall 58* in Hannover, nicht unweit der Leine und des Leineschlosses, des niedersächsischen Landtagsgebäudes, eine Besprechung statt, bei der man nicht sicher sein konnte, ob es sich um eine *Abschluss*besprechung oder eine *Planungs*besprechung handelte. Innerhalb von nur drei Stunden war es Dankwart gelungen, falsche U.S.-amerikanische Reisepässe für Emma, Anna und Iris bei *unserem Mann aus der Druckerei* zu bekommen, der sich wirklich mächtig ins Zeug gelegt hatte und dafür allerdings auch den dreifachen Satz seines normalen, aus verständlichen Gründen steuerfreien, Honorars verlangte. Emma hatte noch vorgeschlagen, dass für sie und Anna doch im Grunde ein Reisepass genügen würde, sie könnten ihn im Bedarfsfall dann austauschen, aber Benno hatte abgewinkt und gemeint, der Fall wäre schon ohne solche Zwillingsstreiche kompliziert genug, man müsste nicht noch mit Absicht einen draufsetzen. Dankwart hatte selbst die Passfotos mit einer Digitalkamera gemacht und hielt diese auch für gelungen, Iris war dagegen mit ihrem Gesichtsausdruck nicht ganz zufrieden gewesen. Benno hatte wieder seine Rolle als Ben Snoop angenommen und zelebrierte diese mit einer gewissen Leidenschaft.

Emma, Anna und Iris betrachteten ihre Reisedokumente. Sie waren jetzt Emma und Anna Shuman, gebürtig in Chicago, Töchter deutscher Einwanderer in der dritten Generation, sowie Ireen Richardson aus San Francisco. Bennos Schwestern hatten durchgesetzt, dass ihr tatsächliches Geburtsdatum um fünf Jahre heruntergeschraubt wurde, was Anlass zu einer lebhaften Diskussion gewesen war. Doch sie hatten darauf bestanden, wenigstens in einem falschen

Pass einmal etwas jünger sein zu können, bei ihren echten Papieren hätten sie sich das bisher noch nicht getraut.

Zu Bens Plan gehörte, dass seine drei Damen Background-Sängerinnen wären, die in Europa einige Engagements hätten und von ihrem Manager, Ben Snoop, begleitet und betreut würden. Dankwart war immer noch nicht klar, was diese Geschichte eigentlich sollte und wofür sie überhaupt gut sein würde, er hatte aber beschlossen, Ben(no) freien Lauf zu lassen und ihn dabei nach besten Kräften zu unterstützen. Seine Bedenken, dass es vielleicht doch günstiger für alle wäre, die Karten offen auf den Tisch zu legen und bei der Polizei nach bestem Wissen und Gewissen auszusagen, was sie von den Umständen um Ronald Hargens' Tod wüssten, äußerte er lieber nicht. Benno hatte ja eine derartige Abneigung gegen die Polizei, dass ihm mit vernünftigen Argumenten nicht beizukommen war. Allerdings, wenn das klappte, was Benno sich als Inszenierung vorgestellt hatte, wären sie in der Tat aus dem Schneider. Ben Snoop, Emma und Anna Shuman und Ireen Richardson würden sich dann einfach in Luft auflösen, und niemand würde die Jenssens und Iris Ehlers behelligen können.

„In Ordnung, Benno, du musst ja wissen, was du tust. Im Notfall hast du natürlich meine volle Rückendeckung. Aber vergiss bitte nicht, bei und trotz allem geht es für meine Detektei natürlich immer noch um die Aufklärung der Sache mit der gestohlenen Gitarre. Ich bitte, das nicht zu vergessen", sprach Dankwart mit leichtem Chefton.

„Keine Sorge, Dankwart," erwiderte Benno, „gerade das habe ich ja im Auge. Aber wir müssen erstmal aus der Schusslinie der Kripo kommen, ich kann ja schlecht nach Gitarren suchen, wenn ich vielleicht wieder unter Mordverdacht stehe."

Iris war das Ganze zwar etwas unheimlich, aber sie verstand Benno und musste wieder an seine Verhaftung im letzten Jahr denken. Eigentlich hatte sie fast eine Art Urvertrauen zur Polizei, aber was die Ginsberger Polizisten sich da gegenüber ihrem Benno geleistet hatten, das konnte doch dieses Vertrauen in die Träger und Trägerinnen des grünen Rocks erheblich erschüttern. Es würde schon richtig sein, was Benno zusammen mit ihr und seinen Schwestern vorhatte. Immerhin hatten sie doch ein reines Gewissen und sozusagen eine saubere Weste. Damit die Weste auch sauber blieb, war doch wohl ein bisschen Schummeln gestattet. Sie würden ja wohl niemandem damit schaden.

So oder so ähnlich versuchte Iris ihr aufkeimendes schlechtes Gewissen etwas zu beruhigen.

Man kam überein, am Sonntag „nach der Kirche" gemeinsam bei der Kripo Hannover vorstellig zu werden.

Emma und Anna würden bei Dankwart Siebelt übernachten, er brauchte ja nicht einmal moralische Bedenken zu haben.

Iris würde heute Abend mit Benno in ihr „Jagdhotel Hubertusklause" in Laatzen fahren.

Es gab ja noch einige verpasste romantische Nächte nachzuholen.

29. Kapitel

Der bekannte Rockmusiker Ronald Hargens ist heute früh tot in seinem Haus bei Hannover aufgefunden worden.

Benno drehte das Autoradio eine Spur lauter.

... Zusammenhang mit seinem Tod sucht die Polizei nach einem amerikanischen Unternehmensberater mit dem Namen Ben Snoop, der möglicherweise im Raum Norddeutschland mit einem noch unbekannten Fahrzeug unterwegs ist. Ben Snoop wird gebeten, sich mit der Kriminalpolizei in Hannover in Verbindung zu setzen oder mit jeder anderen Polizeidienststelle.

Die „romantische Musik zum Tagesausklang" setzte wieder ein.

„Jetzt werden wir schon von der Polizei gesucht!", rief Iris, die es sich auf dem Beifahrersitz bequem gemacht hatte. Sie wäre eigentlich lieber selbst gefahren, aber sie hatte sich nicht getraut, Benno darum zu bitten, denn mit diesem Riesenschlitten war sie nicht vertraut, und außerdem hatte er ja auch noch eine Automatik, so was hatten sonst eigentlich ja nur ältere Leute oder Behinderte. Iris vermisste ihren Twingo etwas, er stand jetzt mutterseelenallein vor Dankwart Siebelts Haus und würde auf die Rückkehr seiner Herrin warten.

„Ich komm' mir fast vor wie bei *Bonnie and Clyde*", ergänzte Iris. Benno staunte darüber, dass Iris solche kriminellen Personen überhaupt kannte.

„Der Vergleich hinkt aber," meinte er, während er vorsichtig einen Lastzug überholte, „das waren Verbrecher, wir sind auf der richtigen Seite. Und außerdem, hast du ja selbst gehört, werde ich *gebeten*, mich bei der Polizei zu melden. Ich werde also nicht mit Haftbefehl gesucht. Wenn ich um etwas gebeten werde, kann ich ja erst einmal überlegen, ob ich den Leuten einen Gefallen tun möchte oder auch nicht."

„Ach, Benno," seufzte Iris, „wäre es nicht doch besser, wenn wir jetzt gleich bei der Polizei anriefen?"

Sie kannte die Antwort auf ihren Vorschlag bereits und hörte daher gar nicht richtig hin, als Benno ihr mit blumenreichen Worten erklärte, dass das nun wirklich nicht zu seinem Plan passte. Morgen, sie hätten sich ja darauf geeinigt, morgen würden sie der Kripo Hannover mal einen kleinen Besuch abstatten, und danach würden

Ben Snoop, Ireen Richardson, Emma und Anna Shuman für immer in der Versenkung verschwinden. Die Polizei hätte dann ihre Ruhe, aber vor allen Dingen hätten sie selbst dann ihre Ruhe. Benno hatte ja noch etwas für Dankwart zu erledigen, da stehe er ja im Wort, und der Ronald Hargens sei zwar tragischerweise tot, aber das würde ja nicht heißen, dass er nicht vorher irgendein krummes Ding mit seiner Gitarre gedreht hätte.

Wie gesagt, Iris hörte nicht richtig hin. Wäre die Landschaft, durch die sie gerade fuhren, etwas zum Genießen gewesen, hätte sie sich dem Genuss dieser Landschaft hingegeben. Leider bot die Umgebung von Hannover nichts optisch wirklich Reizvolles und Iris musste sich eingestehen, dass sie Ginsberg und sogar das kleine Flüsschen Gins, über das sie zu Hause eher spottete, schon recht stark vermisste. Ach, sie war eben einfach der häusliche Typ, nicht so eine Jetset-Mieze oder so ein Boxenluder oder wie das hieß.

Sie streichelte Bennos Nacken und spielte etwas an seinem leicht gelockten Haaransatz herum.

„Fräulein Ehlers! Wie soll ich mich denn aufs Fahren konzentrieren?", protestierte Benno mit gespielt strenger Miene.

„Und wie soll ich mich auf irgendetwas konzentrieren, wenn du so nah bei mir sitzt und immer stur geradeaus gucken musst? Was glaubst du, wie ich dich vermisst habe!"

Benno wurde mehr als warm ums Herz.

Er vergaß Ronald Hargens, Ben Snoop und sämtliche elektrischen Gitarren der Welt in allen handelsüblichen Preisklassen.

Als sie das „Jagdhotel Hubertusklause" in Laatzen erreicht hatten und Benno und Iris vor der Tür des „Fuchs-Zimmers" standen, während Iris etwas nervös das Türschloss mit dem Zimmerschlüssel mit dem viel zu großen Anhänger öffnete, zwinkerte er dem ausgestopften Fuchskopf über der Tür vielsagend zu.

Der Fuchs erwiderte sein Zwinkern.

Die Zimmertür wurde leise geschlossen.

Nach genau neunzehn Sekunden öffnete sie sich wieder einen Spalt. Mit einer anmutigen Bewegung schob eine zarte Frauenhand ein Schild mit der Aufschrift „Bitte nicht stören!" über die Türklinke.

30. Kapitel

Jeff war wie vor den Kopf geschlagen. Er saß am Schreibtisch seines zwar kleinen, aber solide und durchaus gemütlich eingerichteten Apartments in Münster und hielt immer noch den Telefonhörer an sein rechtes Ohr gepresst, obwohl der Anrufer schon vor einer Minute das Gespräch beendet hatte.

Sein Vater – *tot*?

Der Anrufer, es war ein gewisser Kommissar Werner aus Hannover gewesen, hatte ihm sachlich, aber auch durchaus mitfühlend mitgeteilt, dass sein Vater *heute Morgen* auf dem Hofplatz des Hauses in Mardorf tot aufgefunden worden sei. Jeff hatte spontan nach der Todesursache gefragt, es kam natürlich alles Mögliche in Betracht, aber der Herr Werner hatte nur gemeint, es könnte sich möglicherweise um einen Unfall gehandelt haben, wobei er das Wort „möglicherweise" so gedehnt aussprach, dass Jeff den Eindruck haben musste, dass es sich eigentlich doch nur um einen Selbstmord gehandelt haben könnte. An die Möglichkeit, dass irgendjemand seinen Vater hätte *umbringen* können, dachte er überhaupt nicht.

Kommissar Werner hatte noch nachgefragt, wie er Jeffs Mutter, also Judith Hargens, erreichen könnte. Jeff gab ihm die Adresse von Edgar Müller, Mammas neuem Lover, bei dem sie seit geraumer Zeit wohnte.

Jeff legte den Hörer auf, nachdem das Piepen am rechten Ohr ihn endlich aus seinen Gedanken gerissen hatte.

Auf seinem Schreibtisch häuften sich Gesetzestexte und Kommentare aus dem Bereich „Internationales Wirtschaftsrecht", Jeff war gerade dabei gewesen, sich auf das Colloquium bei Professor Schirrmacher am Montag vorzubereiten. Das konnte er ja nun wohl vergessen.

Pappa war tot?

Für ihn war sein Vater immer „Pappa" gewesen, nicht „Ronald" oder „Ron", wie er es als etwas alternativ angehauchter Rocker gern gehabt hätte. Überhaupt war Jeff immer viel unmoderner und konservativer gewesen als seine beiden Eltern. Schon sein eigener Name – er war nach dem Gitarristen *Jeff Beck*, den sein Vater wohl sehr bewunderte, genannt worden – hatte ihn immer etwas gestört. Zu „Hargens" passte nun einfach nicht der Vorname „Jeff", „Hans" oder „Karl" wäre ihm selbst viel lieber gewesen.

Jeff zeichnete sich während seiner gesamten früheren und späteren Jugend dadurch aus, dass er in vieler Hinsicht „normaler" war als seine eigenen, eher „wilden" Eltern. Seine Frisur war ein dezenter Bürstenhaarschnitt und er war weder gepierct noch hatte er jemals Drogen konsumiert. In der Schule war er aufmerksam und äußerst interessiert gewesen, denn er hatte schon früh verstanden, dass seine Eltern ihm nicht helfen würden, da sie ihrerseits eigentlich überhaupt kein Interesse an schulischen Fragen jedweder Art hatten und sich lieber mit ihren eigenen – echten oder nur vermeintlich echten – Problemen herumschlugen.

So war Jeff recht unauffällig und unschwierig in Mardorf aufgewachsen, hatte die Grundschule besucht und dann ein Gymnasium am Rande von Hannover, in dem er es ohne Probleme zu einem recht guten Abitur brachte.

Schon einige Jahre vor dem Abi hatte er sein besonderes Interesse für juristische Fragen entdeckt, was vor allem mit seinem Schulfreund Horst Steynmaier zusammenhing, dessen Vater Rechtsanwalt war und ihn offenbar in sein Herz geschlossen hatte. Mit ihm hatte er oft voller Eifer über Recht und Gesetz diskutiert. Steynmaier hatte ihm auch vorgeschlagen, dass er unbedingt Jura studieren sollte, wo er doch so viel Verständnis für die Materie hätte.

Die Eltern hatten seine Vorstellungen hinsichtlich eines späteren Berufes mit einer gewissen wohlwollenden Gleichgültigkeit zur Kenntnis genommen. Jeff war eben so, wie er war. Es hätte sie auch nicht gewundert, wenn er zur Bundeswehr gegangen wäre oder in die Junge Union eingetreten wäre.

Einerseits liebte Jeff seine Eltern, andererseits hatte er stets ihre Lebensführung missbilligt – die Alkoholexzesse, das späte Aufstehen und die zahlreichen Liebesaffären sowohl der Mutter als auch des Vaters. Es war ja klar, dass so etwas nicht auf die Dauer gut gehen konnte. Vor anderthalb Jahren hatten sich dann die Eltern getrennt, von Scheidung war aber bislang nicht die Rede gewesen. Sie waren offenbar nicht einmal in der Lage gewesen, einen anständigen Schlussstrich unter ihre letztlich gescheiterte Ehe zu ziehen.

Es war Jeff schon immer schwer gefallen, sich emotional mit einem Elternteil zu identifizieren, aber die Trennung der Eltern hatte dazu geführt, dass er beide gleichermaßen distanzierter denn je betrachtete.

Jeffs Vater hatte sich, das wusste er aus einigen Telefonaten, in letzter Zeit häufig mit dem Gedanken beschäftigt, die alten „Spiders" wieder auferstehen zu lassen. Er hatte allerdings gewusst, dass derartige Ideen bei seinem Sohn keine Begeisterung erwecken konnten, denn Jeff interessierte sich – sehr zu Ronald Hargens' Leidwesen – nicht die Bohne für Rockmusik. Ronald war sich in dieser Hinsicht vorgekommen wie ein Fußballstar, dessen eigener Sohn so uninteressiert am Thema Fußball war, dass er sich nicht einmal die Länderspiele im Fernsehen anschaute.

Jeff schob die Bücher beiseite, dann wählte er die Nummer von Edgar Müller, um seine Mutter zu erreichen. Ihm war in den Sinn gekommen, dass es wohl doch etwas stilvoller wäre, wenn sie die Todesnachricht von ihm und nicht von der Polizei übermittelt bekäme.

Er wartete lange, aber es hob niemand ab. Er würde es später noch einmal versuchen.

Jeff besann sich erneut. Er stand von seinem Platz am Schreibtisch auf und ging ein paar Schritte in Richtung Fenster. Er blickte auf die Reihe der Dächer der gegenüberliegenden Häuser. Noch immer kam ihm die Nachricht, die er eben gerade erhalten hatte, reichlich unwirklich vor.

Nun, wenn sich kein anderer um die Sache kümmerte, wenn Mamma nicht zu erreichen war, dann würde *er* handeln müssen. Jeff packte sich ein paar Sachen ein und rief noch schnell einen Kommilitonen an, damit der ihn Montag bei Schirrmacher entschuldigen würde. Er wusste, dass in solch einem Fall jeder Verständnis haben würde.

31. Kapitel

Kommissar Werner Werner hatte ein neues Karteikärtchen ausgefüllt und akribisch an einer Pinnwand angebracht. Mittlerweile hatte der Hausmeister drei mobile Stellwände gebracht, die Werner ebenfalls schon in Angriff genommen hatte. Zur optischen Unterstützung der verschiedenen, teilweise wirren Theorien hatte Werner seine Kärtchen in der unterschiedlichsten Weise gruppiert. Im Zentrum der Schaubilder befanden sich allerdings jeweils die gleichen Karten: „Ronald Hargens – tot"

An dieser Tatsache kam man offensichtlich nicht vorbei. Ottsen und Werner hatten auch die Möglichkeit eines Selbstmordes seitens Ronald Hargens zumindest gedanklich durchgespielt. Werner hatte den gewagten Vergleich gebracht, Hargens hätte sich möglicherweise wie ein Krieger aus einer klassischen griechischen Tragödie statt in sein Schwert in die Zähne seiner Hunde gestürzt. Enno Ottsen war dieser Gedanke allerdings doch etwas zu abwegig gewesen, obwohl ein moderner Autor damit sicher etwas anfangen könnte.

Der Sohn von Hargens war benachrichtigt worden, und sie hatten beide bemerkt (der Lautsprecher des Telefons hatte wieder das Mithören ermöglicht), dass dieser Jeff Hargens, seltsamer Name übrigens – hieß nicht damals der Junge in der *Fury*-Serie so? – eigenartig gefasst reagiert hatte. Das machte ihn nicht ganz unverdächtig, und im Falle eines Mordes, nicht eines Unfalls, was ja nicht vom Tisch war, müsste man einmal sein Alibi überprüfen. Werner hatte vom Sohn noch die Telefonnummer der Mutter bekommen, immerhin eine Hannoveraner Nummer, aber es hatte sich niemand gemeldet. Was für den Sohn hinsichtlich eines Alibis zu gelten hätte, würde auch diese Frau Judith Hargens, die von ihrem Mann getrennt lebte, betreffen.

Enno Ottsen hatte bei der Stadthalle in Cloppenburg angerufen, ob es auf dem Konzert am Freitag besondere Vorkommnisse gegeben hatte. Der Geschäftsführer hatte ihm mitgeteilt, das Konzert wäre ein voller Erfolg gewesen, und er hätte sein Geld bekommen, worüber er sich vorher nicht ganz sicher gewesen sei, denn der Ronald Hargens schien finanziell etwas in der Klemme zu sein.

Dieser Gedanke führte Ottsen wiederum zurück zu dem Einbruch vom 20. April. Margot hatte die Akte mittlerweile herübergeschickt, und Enno fand eigentlich nur das bestätigt, was sie ihm vorher am Telefon mitgeteilt hatte.

Ottsen zog ein weiteres Zigarillo aus der Schachtel und setzte ein Streichholz, das leider auch nicht mehr an die frühere Qualität der Zündwaren-Monopolgesellschaft heranreichen konnte, in Brand. Werner riskierte einen versteckt missbilligenden Blick auf den gläsernen Aschenbecher, in dem sich bereits die Überreste von drei Vorgängern befanden.

Ottsen sog den Rauch gierig ein, während er Werners Pinnwand-Show aufmerksam betrachtete. Was war denn mit den anderen Musikern? Die müssten doch auch auf der Party gewesen sein. Wenn er nur etwas mehr Ahnung von Musik hätte, dann würde er die Namen wissen. Aber sie würden es noch herausbekommen, das liefe ihnen ja nicht weg.

Werner pinnte ein neues Schildchen mit dem Wort „Versicherung" in die Nähe der Kärtchen „Judith Hargens" und „Jeff Hargens". Dieses Kärtchen versah er zusätzlich mit einem fettgedruckten Fragezeichen in 72-Punkte-Schrift. Von diesen Fragezeichen hatte Werner eine ganze Menge ausgedruckt und mit einer kleinen Schere ausgeschnitten, eine Tätigkeit, die Enno Ottsen an seine selige Grundschulzeit erinnert hatte.

„Mensch, Werner," sagte Enno plötzlich, „Versicherung! Der Hargens wird ja wohl eine Lebensversicherung abgeschlossen haben. Höchstwahrscheinlich ja nicht zu knapp, vielleicht auch wegen der Alterssicherung. Wenn er nun bei einem Unfall gestorben ist – wer erhält dann die Versicherungssumme?"

„Na, wahrscheinlich doch seine Frau. Das ist ja wohl normalerweise so. Geschieden sind sie ja nicht, die sind – oder waren – ja immer noch miteinander verheiratet. Aber was dann mit dem Sohn ist, falls du mich das fragen willst, davon habe ich keine Ahnung. Da müssten wir mal die Versicherung selbst befragen. Aber wir wissen bisher noch nicht, bei welcher Gesellschaft er eine Lebensversicherung abgeschlossen hatte."

Werner füllte ein neues Kärtchen aus: „Erkundigen: Hargens' Lebensversicherung!"

Schon wieder etwas, was sie wahrscheinlich erst am Montag erledigen konnten.

Das Telefon klingelte.

Enno Ottsen nahm den Hörer ab. Dr. Heinrich Helfrich war am Apparat.

„Moin, Enno, ich dachte mir doch, dass ich dich im Büro kriege. Wir sind hier noch nicht ganz fertig mit den Untersuchungen, aber ein paar wichtige Punkte kann ich dir schon nennen."

Enno Ottsen ließ Werner Werner mithören und bedeutete ihm, dass er sich Notizen machen sollte, seinetwegen auch auf Karteikärtchen, mit denen er wahrscheinlich bald das gesamte Büro zugepflastert haben müsste.

„Das ist nett, Heinrich, schieß' man los!"

„Also, der Hargens war für seinen Lebenswandel erstaunlich gesund, keine Anzeichen von tödlichen Krankheiten und so weiter. Der Tod muss mit plus / minus zehn Minuten für halb sechs Uhr heute Morgen angesetzt werden. Der Tote hatte einen Blutalkoholwert von 1,85 ‰. Das führt bei einem Gewohnheitstrinker von seiner Konstitution noch nicht unbedingt zu Ausfällen. Und – jetzt kommt's: Mit 95%-iger Wahrscheinlichkeit ist der Blutverlust infolge der von Hunden zugefügten Verletzungen die Todesursache. Das war die offizielle Durchsage, so wie es auch in meinem Bericht stehen wird. Meine Privatmeinung gefällig?"

Enno Ottsen nickte, obwohl Helfrich es natürlich nicht sehen konnte. Dieser fuhr trotzdem fort:

„Also, das sieht nach einem klassischen Unfall aus, Muster: Hundebesitzer wird von seinen eigenen Hunden angefallen. Gibt es ja öfters, haben wir ja schon drüber gesprochen. Nur eins kapier` ich einfach nicht: Warum waren diese Köter unter Sprit gesetzt?"

Helfrich hatte den Nagel auf den Kopf getroffen.

„Wenn *das* nicht gewesen wäre," sagte Ottsen, „würde ich hier sofort Feierabend machen und den Fall zu den Akten legen. Also, Unfall, zack, aus. Fertig, nach Hause zu Muttern auf die Couch und *Verstehen Sie Spaß?* gucken. Aber solange das nicht geklärt ist, bleiben wir noch am Ball. Irgendeine Erklärung muss es doch geben, und wenn wir die ganzen Partygäste einzeln ausfindig machen und sie noch einmal zu einer Polizeiparty einladen müssen. Wir kriegen das schon `raus. Danke, dass du gleich angerufen hast, Heinrich."

Und dieser Ben Snoop hatte sich immer noch nicht gemeldet. Allmählich hatte Ottsen das Gefühl, dass dieser Mensch nur ein Hirngespinst wäre.
Wer hieß denn schon *Ben Snoop*?

32. Kapitel

Es war kurz nach halb neun Uhr abends, als Jeff Hargens mit seinem alten, unscheinbaren Polo vor seinem Elternhaus in Mardorf eintraf. Die letzten Strahlen der gerade untergehenden Sonne ließen das große Bauernhaus mit seinen Nebengebäuden in einem dämmrigen und trostlosen Licht erscheinen.

Jeff hielt vor dem geschlossenen Gittertor an und drückte, aus alter Gewohnheit, die Klingel. Natürlich hatte er Schlüssel, aber er liebte es nicht, unangemeldet ins Haus zu platzen, vor allem dann nicht, wenn sein letzter Besuch schon wieder fast ein halbes Jahr zurücklag.

Keine Reaktion. Natürlich, wer sollte denn auch im Haus sein?

Jeff hatte auf der Fahrt insgeheim gehofft, seine Mutter wäre doch noch gekommen und würde ihn erwarten. Nun war aber offensichtlich doch niemand da, nicht einmal die Hunde schienen ihn begrüßen zu wollen.

Es war still, geradezu unheimlich still.

Jeff stieß mit dem Fuß an das Tor und stellte fest, dass es nicht verschlossen war. Er öffnete beide Torflügel und fuhr dann mit seinem Polo auf einen der gepflasterten Stellplätze.

Es stand nur noch der etwas ältere Audi A 6 Kombi seines Vaters vor dem Garagengebäude. Ihm wurde schmerzlich bewusst, dass sein Vater dieses Auto nie mehr würde fahren können.

Oder war das alles nur ein böser Traum gewesen, hatte ihm jemand am Telefon in Münster bloß einen makabren Streich gespielt? Würde er nicht doch gleich seinen Vater in seinem Studio beim Abmischen irgendeiner neuen Aufnahme vorfinden?

Nein, das Haus wirkte wirklich wie ausgestorben.

Jeff warf noch einen Blick auf den Hundezwinger. Die Hunde waren fort, das war klar. Aus irgendeinem Grund hatte sie jemand mitgenommen, vielleicht waren sie vorübergehend im Tierheim untergebracht oder bei einem Bauern in der Nähe, aber warum nur?

Jeff hätte jetzt gern irgendein menschliches oder zumindest doch tierisches Wesen um sich gehabt, das hätte ihm die ganze Sache erleichtert.

Er ging auf die Haustür zu. Sie war versiegelt, das hätte er sich ja denken können. Aber was war eigentlich der Grund dafür? Hatte sein Vater sich etwa im Haus umgebracht?

Jeff ging zur Hintertür, die zum Garten führte. Merkwürdigerweise war diese nicht versiegelt, ob mit Absicht nicht oder aus Versehen, das machte wohl keinen großen Unterschied. Sicher war es kein großes Vergehen, wenn er jetzt diese Tür aufschloss. Er musste ja `rein, er war doch hier zu Hause.

„Hallo, ist da jemand?", rief er, obwohl er nicht im Geringsten erwartete, dass irgendjemand antwortete.

Jeff ging langsam durchs Haus und schaltete in jedem Raum, den er betrat, das Licht an. So war es schon besser, nur die Stille bedrückte ihn.

Ihm fiel auf, dass im gesamten Haus ein heilloses Durcheinander herrschte. Offenbar hatte vor kurzer Zeit hier noch eine große Party stattgefunden, und niemand hatte danach auch nur die geringste Kleinigkeit aufgeräumt. Besonders die Küche sah aus wie ein Schlachtfeld. Es würde lange dauern, bis hier alles wieder seine Ordnung hätte. Er griff im Vorbeigehen zu einer geöffneten Rotweinflasche und nahm einen großen Schluck.

Der Wein breitete sich mit wohliger Wärme in seinem Magen aus.

Er musste jetzt unbedingt mit jemandem reden.

Jeff ging zum Telefon im Wohnzimmer und wählte die Nummer seiner Mutter, die ja bei ihrem Liebhaber, diesem Edgar Müller lebte. Er hatte Edgar einmal kennen gelernt, dieser hatte darauf bestanden, von ihm geduzt zu werden. Ein unangenehm aufdringlicher Mensch. Jeff hoffte, dass seine Mutter ans Telefon käme, nicht Edgar. Doch es ging überhaupt niemand ans Telefon.

Jeff legte wieder auf und suchte dann die Nummer von Roderich Feldt, dem Polizisten aus Mardorf, den er ja noch gut von früher kannte.

Es dauerte eine Weile. Wahrscheinlich hatte Feldt seinen Apparat in der Wachstube auf seinen Privatanschluss umgestellt.

„Ja, Feldt?", hörte er die Stimme von Roderichs Frau vor dem Hintergrund einer Volksmusik-Sendung.

„Guten Abend, Frau Feldt, hier ist Jeff. Jeff Hargens. Ja, ich bin hier in Mardorf. Könnte ich bitte mal ..."

Weiter kam er nicht, denn Roderich hatte bereits seiner Frau den Hörer aus der Hand genommen.

„Was, Jeff, bist *du* das? Und du bist hier in Mardorf? Mach doch mal den Ton leise! *(Das galt seiner Frau.)* Jeff, mein Junge, hast du schon gehört, dass dein Vater ... Ach so, die Kripo hat bei dir angerufen. Du, mein ganz herzliches Beileid erst einmal ...“

„Roderich – ich weiß eigentlich gar nicht, was passiert ist. Ein Kommissar hat mich in Münster angerufen und gesagt, dass Pappa tot ist. Meine Mutter kann ich nicht erreichen, das hab' ich schon mehrfach probiert. Ich bin schnell losgefahren, aber niemand ist hier, nicht mal die Hunde. Im Haus ist ein einziges Durcheinander. Bitte sag' mir, was los ist, du musst doch irgendwas wissen!“

Und Roderich klärte Jeff so schonend wie möglich über alles auf, was er selbst wusste, wobei er sich verkniff, Jeff dafür zu tadeln, dass er einfach ein von der Kriminalpolizei Hannover versiegeltes Haus betreten hätte. Sein Vater wäre heute Morgen tot auf dem Hofplatz aufgefunden worden, man vermutete, dass seine eigenen Hunde ihn getötet hätten. Das wäre im Grunde genommen alles, merkwürdig sei nur, dass niemand sonst mehr im Hause gewesen wäre. Ein Spaziergänger hätte seinen Vater gefunden und dann ihn, Roderich Feldt, alarmiert. Und in solchen Todesfällen sei es eben üblich, die Kripo einzuschalten, um ein Verbrechen auszuschließen.

„Dann hat er sich also nicht selbst umgebracht? Gottseidank, daran musste ich die ganze Zeit denken. Aber unsere Hunde – Arno, Bertram und Cäsar – das kann ich mir einfach nicht vorstellen, die hat Pappa doch praktisch selbst aufgezogen!“

„Nee, hör' mal, mein Jung, dass dein Vater sich *umgebracht* hat, das kann ich mir kaum vorstellen, so wie die Sachlage ist.“

„Und wo ist Pappa jetzt? Ich meine, wo ist seine *Leiche* jetzt?“

Jeff hatte den letzten Satz sehr zögerlich ausgesprochen.

Ebenso zögerlich antwortete Feldt:

„Weißt du, es ist in solchen Fällen eben eine gerichtsmedizinische Untersuchung notwendig. Wie gesagt, damit man ein Verbrechen ausschließen kann. Das ist reine Routinesache.“

Jeff sagte nichts, er wirkte ratlos auf Feldt.

Dieser begann wieder:

„Jeff, kommst du klar? Ich meine, das ist ja eine ganz schwere Lage für dich, und dann bist du auch noch allein zu Hause.“

Feldt beschloss, auf jeden Fall gleich Pastor Hanssen Bescheid zu sagen, der sollte doch mal zu Jeff rüberfahren und sich ein bisschen seelisch um ihn kümmern.

„Tja, ich muss erst noch mal etwas überlegen, meine Mutter vielleicht noch mal anrufen."

„Und wende dich doch bitte auch an die Kripo in Hannover. Ich kann dir die Nummer gleich sagen. Die können dir sicher mehr erzählen als ich."

Nachdem das Gespräch mit Jeff Hargens beendet war, griff Roderich Feldt wieder zur Fernbedienung und stellte den Ton an. Gerade hatten die „Schürzenjäger" angefangen.

Feldt setzte sich wieder in seinen Feierabendsessel und griff zur Bierflasche.

„Armes Schwein, der Jeff", sagte er zu seiner strickenden Frau. „Und ist doch so'n feiner Kerl. In seiner Haut möchte ich jetzt nicht stecken."

33. Kapitel

Im Büro von Hauptkommissar Enno Ottsen herrschte eine relativ trübe Stimmung. Es war Sonntagmorgen, aber der Morgen schickte sich bereits an, in die Mittagszeit überzugehen, wie ein Blick auf die Wanduhr Kommissar Werner Werner verriet.

Sie hatten gestern Abend noch bis kurz nach halb acht „Dienst geschoben", auf weitere Nachrichten und vielleicht auch auf göttliche Eingebungen gewartet, die diesen doch ziemlich eigenartigen „Fall Ronald Hargens" weiterbringen würden oder gar, wie beide insgeheim gehofft hatten, am besten völlig in Luft auflösen würden.

Sie hatten noch lange hin- und herdiskutiert, es lag wohl auf der Hand, dass es doch ein Unfall gewesen war, aber die Begleitumstände gaben ihnen immer noch Rätsel auf.

Als beide bemerkten, dass ihre Gedanken sich nur noch im Kreis bewegten, hatte Enno Werner vorgeschlagen, doch „für heute Schluss zu machen" und sich „morgen nach dem Frühstück wieder hier einzufinden".

Enno meinte natürlich ein spätes Frühstück damit, darauf bestand er schon am Sonntag.

Seine Frau war einerseits froh gewesen, ihn so schnell wiederzusehen, andererseits aber auch etwas erstaunt. Sie sah ihm schon an, dass er an einer schwierigen Sache knabberte, und das ließ nicht unbedingt einen harmonischen Fernsehabend, der vielleicht zu späterer Stunde in ein weiteres harmonisches Beisammensein anderer Art münden könnte, erwarten. Sicher, Enno war nicht gerade missgelaunt oder gar mürrisch, aber er war bei weitem nicht entspannt.

Auch Werner hatte sich nach dem späten Feierabend, nachdem er Enno zu Hause abgesetzt hatte, nicht anders gefühlt. Er fuhr nicht direkt nach Hause, sondern in die Innenstadt, wo er den Mercedes parkte und noch etwas wahllos spazieren ging. Ihn erwartete niemand zu Hause, wenn er einmal von seiner ebenfalls unverheirateten älteren Schwester Antonia absah, die mit ihm in einem Haus lebte. Streng genommen waren es zwei Häuser, denn sie hatten vor Jahren gemeinsam zwei aneinanderliegende Doppelhaushälften erworben. Trotzdem gehörte es zu den Gepflogenheiten, dass man mal kurz beim anderen klingelte, wenn man nach Hause kam, um ein kleines Schwätzchen zu halten und sich darauf meistens wieder in den eigenen Kokon zurückzuziehen. Werner hatte der Sinn aber nicht nach derartigen kleinen Schwätzchen gestanden, er streifte lieber noch etwas von Schaufenster zu Schaufenster und überlegte noch kurz, ob er in ein Kino gehen sollte. Die angebotenen Streifen waren ihm aber allesamt als zu blutrünstig erschienen. Was war das eigentlich für eine Welt, in der Gewalttätigkeiten übelster Art zur Abendunterhaltung erhoben wurden?

Nach Essen stand ihm jedenfalls nicht der Sinn. Zu frisch waren ihm die Eindrücke vom Nachmittag, und er wusste aus Erfahrung, dass ihm mindestens 24 Stunden lang der Appetit gründlich verdorben sein würde.

An diesem Morgen waren Werner und Enno dann kurz nacheinander um etwa zehn Uhr im Büro eingetroffen, an dessen Tür irgendjemand während ihrer Abwesenheit, es musste sich wohl um eine Anordnung von Kriminalrat Schmitz gehandelt haben, ein laminiertes Pappschild mit dem Aufdruck „Sonderermittlungsgruppe Hargens" angebracht hatte.

Enno hatte noch einige bissige Bemerkungen über das Schild vom Stapel gelassen, es letztendlich aber doch an seinem Platz gelassen. Gut, waren sie eben eine Sonderermittlungsgruppe.

Seit dem gestrigen Abend waren noch keine neuen Nachrichten eingetroffen, es wäre also völlig sinnlos gewesen, sich die Nacht im Büro um die Ohren zu hauen.

Doch nun waren sie wieder an dem Punkt, an dem sie gestern aufgehört hatten.

Also rollten sie die bisherigen Erkenntnisse noch einmal von vorn auf, wobei Werner Werner die Rolle des Referierenden einnahm und mit Hilfe der Pinn- und Stellwände sowie der ungefähr 85 verschiedenfarbigen Kärtchen eine möglichst schlüssige Darstellung des Sachverhalts versuchte. Enno Ottsen lauschte so aufmerksam, als wäre alles neu für ihn, letztendlich musste er sich aber eingestehen, dass sie im Dunkeln tappten und keinen einzigen Schritt weiter waren.

Er zündete sich sein erstes Zigarillo an und blickte aus dem Fenster, als würde draußen irgendjemand ein Schild mit einer neuen Erkenntnis zum Fall Hargens hochhalten.

Plötzlich klopfte es an der Tür.

„Herein!", ließen Ottsen und Werner im Chor ertönen.

Ein jüngerer Wachtmeister vom Innendienst erschien und versuchte eine respektvolle Meldung.

„Herr Hauptkommissar", begann er und blickte etwas hilflos auf Werner Werner, hatte er jetzt nicht den Dienstweg eingehalten, hätte er jetzt zuerst den Kommissar ansprechen müssen, egal, es war ja schon passiert, also setzte er fort: „Ich habe draußen einen Amerikaner für Sie, der hat drei merkwürdige Damen dabei, er möchte Sie unbedingt sprechen, hier, er hat mir seine Karte gegeben."

Der Wachtmeister überreichte Kommissar Werner die Karte, diesmal war er sicher, dass er den Dienstweg tatsächlich eingehalten hatte:

Ben E. Snoop
Management Consultant
Griffith Park Media Inc.
269 Franklin Ave.
Los Angeles, CA.

„Chef, dieser Ben Snoop ist tatsächlich da!", rief Werner aufgeregt. Na, endlich tat sich mal was.

„Soll reinkommen!", ordnete Hauptkommissar Ottsen an. Hoffentlich verstand dieser Snoop Deutsch.

Die Tür schloss sich für eine Sekunde, dann wurde sie wieder geöffnet, und es erschienen vier Herrschaften im Raum, drei Damen und ein Herr, die alle ungefähr im Alter zwischen Ende dreißig bis Anfang fünfzig zu sein schienen. Der Herr („Mann" wäre Ottsen wegen seines Auftretens unangemessen erschienen) schien Mr. Snoop in Person zu sein und spielte offenbar auch den Oberhirten dieser kleinen Herde.

Ottsen und Werner waren aufgestanden und hatten höflich ihre Sakkos zugeknöpft. Die Damen lächelten, drei durchaus reizvolle Exemplare ihrer Gattung, was die Kommissare gern zur Kenntnis nahmen.

Es folgte ein Begrüßen und Vorstellen mit eingestreutem, meist passendem Händeschütteln, wobei Mr. Snoop sich zunächst in nahezu tadellosem Deutsch selbst vorstellte und dann die Damen, die

Shuman und *Richardson* hießen. Die Choreographie des Händeschüttelns wurde etwas durch die Enge des Raumes erschwert.

Werner enteilte sofort, ohne eine entsprechende Anweisung seines Chefs abzuwarten, in einen Nebenraum und kam leicht errötet mit vier Stühlen zurück. Die Damen lächelten ihn dankbar an. Donnerwetter, da waren ja zwei Zwillinge dabei, charmant, charmant.

Nachdem sich die kleine Besuchergruppe gesetzt hatte (es gab dabei einiges Stühlerücken, das von höflichen Gesten eingeleitet oder begleitet wurde), setzten auch die Kommissare sich wieder auf ihre Plätze.

Alles Amerikaner offenbar, man wollte also den besten Eindruck bei den Alliierten hinterlassen.

Mr. Snoop nahm dankenswerterweise zunächst die Gesprächsleitung an sich.

„Herr Hauptkommissar Ottsen und Herr Kommissar Werner," begann er in fast akzentlosem Deutsch, „Sie erlauben, dass ich zunächst ein paar Worte sage? Danke. *Fraulein* Richardson und die *Frauleins* Shuman sprechen leider kein Deutsch, aber meine Mutter stammt aus Frankfurt, und sie hat mir, wie sagt man, die Muttersprache beigebracht. Ich habe gestern im Autoradio gehört, dass die Polizei nach mir sucht, und deshalb habe ich mich gleich heute Morgen erkundigt und erfahren, dass ich mich bei Ihnen melden sollte. Es geht ja wohl um den Tod von Ronald Hargens, wenn ich richtig orientiert bin?"

Die Kommissare nickten zustimmend. Die Tatsache, dass dieser Mr. Snoop ja geradezu ein hervorragendes Deutsch sprach, erleichterte beide sehr. Enno Ottsen hatte nur wenige Jahre niedersächsisches Schulenglisch hinter sich, und das war auch schon eine Ewigkeit her, Werner Werner war in Englisch zu seinem Leidwesen immer sehr schlecht gewesen und hatte zwar vor einiger Zeit einmal einen Volkshochschulkurs besucht, diesen aber doch wieder abgebrochen, zum einen, weil sein unregelmäßiger Dienst eben keine regelmäßige Teilnahme zuließ, zum anderen, weil die Damenbekanntschaften, die er im Kurs zu machen gehofft hatte, nicht eingetreten waren.

„Vielen Dank, dass Sie gekommen sind, Mr. Snoop, und auch meine Damen. Also, am besten erzählen Sie ganz von vorn: In welcher Beziehung stehen Sie zu Ronald Hargens?"

Werner Werner hatte einen Notizblock bereitgelegt. Nein, es wäre nicht sehr stilvoll gewesen, jetzt ein Tonband mitlaufen zu lassen. Und außerdem hätten die Kolleginnen vom Schreibdienst sich dann darüber amüsieren können, wenn er irgendein einfaches englisches Wort nicht verstanden hätte.

Ben begann zu erzählen.

34. Kapitel

„Schauen Sie, meine Herren, ich bin, ich glaube, so sagt man auch auf Deutsch, *Manager* von diesen Damen, sie sind Sängerinnen, recht bekannt bei uns in den Staaten, die *Mystic Girls*. Sie sind sehr nachgefragt für Plattenaufnahmen als Background-Sängerinnen, übrigens auch in Europa. Wir waren vor zwei Wochen in Madrid, und morgen müssen wir weiterfliegen nach Kopenhagen."

„Tell them about Ron!", forderte eine der Zwillingsdamen, es war eine Emma oder Anna Shuman, Werner konnte das nicht so genau unterscheiden, Mr. Snoop auf.

„Okay, you just wait," setzte Mr. Snoop fort, „vor einiger Zeit hatte ich einmal Kontakt mit Ronald Hargens aufgenommen, oder besser gesagt, er mit mir. Wir hatten vereinbart, dass ich mich mit den Girls bei ihm melde, wenn wir im alten Europa sind. Und da habe ich Ron neulich angerufen, und wir haben uns in Verden getroffen, in einem mexikanischen Lokal."

„Und dieses Lokal hieß *Sancho Pansa*?", fragte Werner nach. „Wann war das?"

„Oh, das muss am Mittwoch gewesen sein", antwortete Ben Snoop. Werner Werner verglich diese Angabe mit einer Karteikarte und bestätigte: „Richtig, Mittwoch, der 4. Mai."

„Wir haben geschäftliche Dinge besprochen, und Ron hat uns eingeladen, am Freitag zum Konzert nach Cloppenburg zu kommen."

„Waren die Damen denn auch in Verden dabei, bei diesem Mexikaner?", erkundigte sich Ottsen.

„Nein, die *Mystic Girls* haben im Hotel geprobt und sind früh schlafen gegangen. Wissen Sie, eine Sängerin muss auf die Gesundheit achten und die Stimme schonen."

Miss Richardson schien etwas Deutsch zu verstehen, denn sie nickte bestätigend.

Mr. Snoop setzte seinen Bericht fort: „Freitagabend waren wir dann zum Konzert von den *Spiders* in Cloppenburg. Es war ein riesiger Erfolg, und Ron hat alle Freunde eingeladen, nach dem Gig nach Mardorf zu fahren, zu einer Party."

„Und auf dieser Party sind Sie vier alle gewesen?", fragte Werner.

„Ja, selbstverständlich, es war eine große Freude für uns. Es waren viele Leute dort, und es ging, wie sagt man, ganz hoch her."

Enno Ottsen sah Mr. Snoop durchdringend an: „Erzählen Sie, was Sie von Ronald Hargens' Tod wissen!"

Mr. Snoop machte eine kleine Pause, dann begann er: „Die Party dauerte bis zum frühen Morgen. Ich habe mich mit Ireen *(er deutete auf Miss Richardson)* schon etwas früher zurückgezogen. Aber Emma und Anna sind noch aufgeblieben."

„Fragen Sie bitte die Damen, ob eine von ihnen mit Ronald Hargens geschlafen hat!", forderte Ottsen Ben Snoop auf.

„Okay – who of you girls made love to Ron that night?"

Emma und Anna meldeten sich beide durch Handaufzeigen, als ob sie gerade gemeinsam die Schulbank in der Sexta c des Alten Gymnasiums in Wilhelmshaven drücken würden.

„Oh!", entfuhr es nicht nur Ottsen, sondern auch Werner, Ben und Ireen.

Emma (oder war es Anna?) meldete sich mit einer Erklärung zu Wort: „Was the hope drunk, Wherein you dress'd yourself? Hath it slept since? And wakes it now, to look so green and pale, at what it did so freely? From this time, such I account thy love. Art thou afeard, to be the same in thine own act and valour, as thou art in desire?"

Werner schlackerte buchstäblich mit den Ohren. Das war ja ein schauderhaftes Englisch, da konnte man ja wirklich kaum ein Wort außer vielleicht *drunk* und *love* verstehen. Auch Ottsen war sehr dankbar, dass Mr. Snoop, der im Übrigen einen recht erstaunten Eindruck machte, den Sinn dieser Worte auf Deutsch zusammenzufassen versuchte:

„Meine Herren, dieser Teil ist etwas peinlich, und ich hoffe Sie nicht zu schockieren. Beide Damen hatten sich in Ron verliebt, und da er etwas betrunken war, konnte er nicht merken, dass ein Zwilling den anderen sozusagen im Bett abgelöst hat. Verstehen Sie, die Frauleins Shuman sind nun einmal gewohnt, alles miteinander zu teilen."

Weder Ottsen noch Werner zeigten sich besonders schockiert, allerdings schien Ireen Richardson etwas beschämt von den freimütigen Äußerungen ihrer Kollegin zu sein.

Werner machte sich einige Notizen.

Ben Snoop ergriff wieder das Wort, nachdem er kurz auf Englisch einige Dinge bei Anna und Emma Shuman nachgefragt hatte:

„Danach, Sie wissen, was ich meine, sind die Frauleins Shuman dann in ihrem Zimmer gewesen und haben nichts mehr mitbekommen. Aber ich habe am frühen Morgen Hundegebell gehört, es war etwas unheimlich. Aber ich hatte gesehen, dass Ron einige Hunde auf seinem Grundstück hatte, da habe ich mir nichts mehr gedacht dabei. Und dann bin ich wieder eingeschlafen."

Ottsen nickte. Soweit war die Sache klar. Diese Zwillinge, das war ja doll. Leider hatte seine Frau keine Zwillingsschwester. Sachlich fragte er nach: „Und wie war es dann am Morgen?" „Am Morgen," sagte Ben Snoop, „ja, das war sehr eigenartig. Ich wachte auf und habe dann Ireen, die war mit in meinem Zimmer *(Ireen Richardson errötete artig)*, geweckt, dann sind wir zum Zimmer von Emma und Anna gegangen und haben auch sie geweckt, uns dann angezogen, weil, wir wollten Frühstück haben und dann auch bald losfahren. Wir haben im ganzen Haus gesucht, aber es war niemand da außer uns. Das war schon sehr seltsam, weil, vor wenigen Stunden noch war das Haus brechend voll. Wir haben also Ron gerufen, dann habe ich gedacht, vielleicht ist er vor dem Haus, also habe ich die Tür geöffnet – aber ich habe sie gleich wieder verschlossen – weil, da war ein fürchterlicher Hund direkt vor der Tür, da habe ich wirklich Angst bekommen. You remember that strange big dog, girls?"

Die Girls nickten geflissentlich und schauten erschrocken drein.

„Vom oberen Stockwerk haben wir gesehen, dass drei Hunde um das Haus herumstreichten, sorry, strichen, und in einer Ecke von dem Grundstück lag Ron, man konnte erkennen, dass er tot war, so wie er da lag. Es war klar, dass seine Hunde ihn angefallen hatten. Es war schrecklich."

„Gut," sagte Enno Ottsen, „aber zwei Dinge sind mir noch nicht klar. Erstens: Warum haben Sie nicht einfach die Polizei angerufen?"

„Das kann ich mir auch nicht verzeihen, aber wir hatten schon vor einiger Zeit mit der *französischen* Polizei Schwierigkeiten und schlechte Erfahrungen, da wollten die Girls nicht so gerne etwas mit der Polizei zu tun haben, und außerdem haben sie morgen den Auftritt in Kopenhagen. Wir wussten nicht, wie lange man uns aufhalten würde. Aber, nachdem die Meldung im Radio kam, wissen Sie, man hat ja Pflichtbewusstsein, auch wenn man nur ein halber Deutscher ist, und mir war ganz klar, das ist einfach unsere Pflicht, uns bei Ihnen zu melden."

„Schön", meinte Werner, der sich gerade eine frische Notiz gemacht hatte.

„Punkt zwei," fuhr Enno Ottsen fort, „wie sind Sie heil aus dem Haus gekommen?"

„Das war eine Idee von Fraulein Emma Shuman *(Ben Snoop wies auf die Zwillingsdame mit dem Leberfleck auf der linken Wange)*, sie hat vorgeschlagen, Alkohol in die Dog Biscuits, wie sagt man, *Hundenkuchen* zu tun. Das haben wir auch gemacht, wir haben die Flasche mit den meisten Alkoholprozenten genommen, es war ein Rum aus Österreich, ich habe nie gewusst, dass man in Österreich Rum herstellt, da gibt es doch gar keine *sugar canes*, keine *Zuckerrohre*, damit haben wir die Hundenkuchen eingetaucht und aus dem Fenster geworfen. Und – tatsächlich – die Hunde haben das gefressen und sind nach vielleicht zehn Minuten völlig eingeschlafen. Und dann sind wir schnell aus dem Haus und weg."

Werner schaute Enno an. Ennos Blick verriet ihm, dass ihm die ganze Sache zwar recht abenteuerlich vorkam, letztendlich aber doch glaubhaft war. Hundekuchen mit österreichischem Rum! Das setzte wirklich allem die Krone auf. Kein Wunder, dass diese Köter total besoffen waren. Dass sie sich nicht gleich bei der Polizei gemeldet hatten, fand Enno Ottsen zwar nicht in Ordnung, aber die Erklärung mit der *französischen* Polizei konnte er schon nachvollziehen. Er selbst wäre während eines Urlaubs an der französischen Riviera beinahe einmal von den französischen Kollegen verhaftet worden, angeblich hätte er fremde Frauen beim Umkleiden beobachtet. Sie waren sehr aufgebracht gewesen, weil er seinen Personalausweis nicht in der Badehose dabei gehabt hatte. Zwar hatten sie ihn nicht geschlagen, aber es hatte nicht mehr viel gefehlt.

„Meine Damen," wandte sich Ottsen an die *Mystic Girls*, die ihn ihrerseits mystisch anblickten, „we are in Germany, not in *Frankrich*. Mr. Snoop – vielen Dank für Ihre Aussage. Noch Fragen, Werner?"

„Ja, ich müsste noch kurz Ihre Passnummern notieren für die Unterlagen, dauert nur eine Minute."

„Passports, girls!", stieß Mr. Snoop seine mystische Damentruppe an.

Bereitwillig händigte man Kommissar Werner die U.S.-amerikanischen Reisedokumente aus. Dieser notierte sich dies und das auf einem hellblauen Formblatt.

„Eine letzte Bitte hätte ich noch: Wie wär's mit einem kleinen Ständchen?", wagte Werner Werner in aufkeimender Sonntagslaune zu fragen, denn sein Gefühl sagte ihm, der Fall wäre gelöst, und nun könnte auch sein Magen wieder zu seinem Recht kommen.

Die Damen ließen sich nicht erschüttern.

Emma Shuman stimmte an, und Emma und Anna begannen ausdrucksvoll das thematisch an dieser Stelle vielleicht unpassende *Killing Me Softly* zu intonieren, wobei Ireen Richardson offenbar nur im Refrain die dritte, sehr hohe und klare Stimme gab.

Enno Ottsen war gerührt. Hatten ja herrliche Stimmen, die Damen. Doch, er verstand schon was davon, war ja selbst Mitglied im Polizeichor Hannover-Mitte.

Die Besuchergruppe erhob sich.

„Goodbye!", winkten Enno und Werner.

Sie hatten völlig vergessen, die Aussagen ordnungsgemäß zu protokollieren und unterschreiben zu lassen.

Aber egal, Hauptsache, sie hatten die Passnummern.

Der Fall war ja sowieso geklärt.

Also doch ein Unfall!

Jetzt noch den Abschlussbericht für Schmitz, und dann könnten sie eigentlich Feierabend machen.

Tja, Hauptkommissar Enno Ottsen von der Kripo Hannover konnte eben keiner so leicht etwas vormachen.

35. Kapitel

Nachdem Ben Snoop und seine *Mystic Girls* das Büro von Haupt-kommissar Enno Ottsen, zur Zeit Leiter der „Sonderermittlungs-gruppe Hargens", verlassen hatten, fiel es ihnen deutlich schwer, an sich zu halten. Trotzdem fuhren sie einigermaßen gesittet mit dem Fahrstuhl zurück ins Erdgeschoss und meldeten sich freundlich beim Pförtner, der sie auch hereingelassen hatte, ab. Dann schritt die kleine Prozession im Gänsemarsch durch die Drehtür, immer eine Gans nach der anderen, und bewegte sich in Richtung Park-platz.

Erst im Auto, es war natürlich der Volvo, wagte Benno etwas von sich zu geben: „Haltet bloß den Mund, Mädels, bis wir hinter der nächsten Straßenecke sind. Wer weiß, ob wir nicht beobachtet wer-den."

Benno fuhr langsam und vorsichtig vom Parkplatz herunter und fädelte sich in den sonntagmittäglichen Hannoveraner Verkehr ein, der eine Spur gelassener ablief als an Werktagen. Dann bog er in eine unauffällige Seitenstraße ab, schaute sicherheitshalber noch einmal in den Rückspiegel, ob nicht vielleicht doch Ottsen, Werner oder wer auch immer hinter ihnen her war, und dirigierte das Fahr-zeug an den Straßenrand.

„Feuer frei!"

Was nun folgte, war ein unbeschreibliches Durcheinander von La-chen, das beinahe zu einem Brüllen ausartete, und Gesprächsfetzen, die nur so hin- und herflogen.

„Das halte ich einfach nicht aus," rief Benno, „die sind uns doch voll auf den Leim gegangen! Kein Protokoll, keine Unterschriften, nicht einmal unsere Pässe haben sie kopiert. Das gibt es doch gar nicht! Wie blöd sind die denn eigentlich?"

Iris fand eher verständnisvolle Worte für Ottsen und Werner: „Also, ich fand die beiden doch sehr charmant. Und das, was du ihnen erzählt hast, das war doch absolut glaubhaft. Da stimmte doch ein-fach alles von vorn bis hinten!"

„Sag' mal, Emma, was hast du denn da vorhin überhaupt von dir gegeben? Ich habe kein Wort verstanden, nur was von *Love* und

Desire, da musste ich mir ganz schnell irgendetwas zusammenreimen!", sagte Benno.

„Naja, das war natürlich auch ein bisschen Shakespeare, übrigens auch aus *Macbeth*, allerdings hat das keine Hexe gesagt, sondern die Lady Macbeth. Ich hatte damals fast den ganzen Text drauf, nicht nur meine eigene Rolle."

„Und sagt mal, dass ihr *beide* mit Ronald Hargens ..., das war doch wohl nur ein Witz, oder ...?", fragte Benno vorsichtig. „Damit wolltet ihr die Herren von der Kripo doch wohl nur etwas gedanklich fesseln, nicht wahr?"

Sowohl Emma als auch Anna wurden etwas verlegen im Fonds des Volvo. Sie brauchten gar nichts zu sagen. Benno kannte seine Schwestern. Also nicht nur Emma, sondern auch Anna ...

„Pfui, ihr Schlimmen!", tadelte er. „Habt ihr etwa ... beide gleichzeitig ...?"

„Wo denkst du hin?", sagte Anna. „Erst war Emma dran, und ich bin dann zwischendurch für sie eingesprungen. Ron hat das gar nicht so mitgekriegt!"

Benno überlegte angestrengt, wie er schnell das Thema wechseln könnte. Weitere Details wollte er gar nicht wissen. Und überhaupt, vor Iris' fast unschuldigen Ohren ...

„Passt mal auf, Mädels, wir fahren jetzt zu meinem Lieblings-Chinesen und werden gepflegt tafeln. Dann können wir auch besprechen, wie es weitergehen soll!"

Benno startete den Motor.

„Prima Idee," meinte Emma, „ich habe schon einen mordsmäßigen Hunger. Aber lass uns danach mal aus dem Spiel, wir müssen ja irgendwann wieder nach Hause, morgen ist Schule, und wir können sowieso froh sein, dass wir aus dieser Sache ohne Scherereien herausgekommen sind!"

36. Kapitel

Jeff war nicht ganz wohl in seiner Haut. Er hatte eine sehr unruhige Nacht hinter sich gebracht und war erst in den frühen Morgenstunden eingeschlafen. Er hatte wirr geträumt, allerdings nicht von seinem Vater und schon gar nicht von dieser schrecklichen Sache mit den Hunden, die er immer noch nicht ganz glauben konnte. Es waren einfach nur schreckliche Albträume gewesen, und er war schweißnass um ungefähr elf Uhr vormittags aufgewacht.

Gestern Abend hatte er noch einmal erfolglos versucht, seine Mutter anzurufen, nachdem er das Telefongespräch mit Roderich Feldt beendet hatte. Danach hatte er einfach nur dagesessen und versucht, seine Gedanken unter Kontrolle zu bekommen.

Schließlich hatte es geklingelt, und Pastor Hanssen hatte sich über die Sprechanlage gemeldet. Jeff war sehr erleichtert gewesen, dass irgendjemand da wäre, mit dem er reden könnte. Es hätte nicht der Pastor sein müssen, ihm wäre beinahe jeder recht gewesen.

Aber – das Gespräch mit Pastor Hanssen war sehr angenehm verlaufen. Jeff kannte ihn noch vom Konfirmandenunterricht her, und er war einer jener Geistlichen, die eher beide Füße auf der Erde hatten und den Kopf nicht ganz so weit im Himmel. Sie hatten auch eine Menge ganz praktische Dinge besprochen, zum Beispiel über die Beerdigung seines Vaters, die ja nun demnächst erfolgen müsste. Jeff hatte keine Ahnung davon gehabt, welche Formalitäten damit verbunden wären, und er hatte sich auch einige Dinge aufgeschrieben, um sie nicht zu vergessen oder durcheinander zu bringen. Pastor Hanssen war lange bei ihm geblieben und hatte ihm sogar angeboten, ihn mit nach Hause zu nehmen, weil er sich vorstellen konnte, dass Jeff sich in dieser Nacht in seinem verlassenen Elternhaus vielleicht doch nicht ganz wohl fühlen würde. Doch Jeff hatte dankend abgelehnt, ihm war nicht danach gewesen, noch mehr Mitgefühl in personae der Pastorenfamilie über sich ergehen zu lassen. Nein, er wollte doch lieber allein sein.

Nachdem der Pastor gegangen war, hatte Jeff ein letztes Mal versucht, seine Mutter zu verständigen, und war schließlich zu Bett gegangen, in seinem eigenen Zimmer, das eigentlich noch immer unverändert gewesen war. Nur das Bett hatte er noch frisch beziehen müssen.

Nun, nach dieser Nacht, fühlte er sich wie gerädert. Er suchte in der immer noch total unaufgeräumten Küche nach etwas Essbarem und der Kaffeemaschine und wusch erst einmal das Gröbste ab.

Beim mittlerweile sehr späten Frühstück, das er zu seinem eigenen Erstaunen mit Appetit zu sich nahm, fiel ihm plötzlich wieder ein, dass er die Kripo in Hannover anrufen wollte. Besser gesagt, *sollte*, denn Roderich Feldt hatte ihm die Nummer von einem Hauptkommissar Ottsen mit einem gewissen Nachdruck in der Stimme durchgegeben. Sicher hatte Roderich von ihm erwartet, dass er schon gestern Abend hätte anrufen sollen.

Jeff ging mit dem Kaffee in der Hand hinüber ins Wohnzimmer und wählte die Nummer. Beiläufig schaute er auf die Uhr. Es war Viertel nach eins, die Kripo würde doch wohl keine Mittagspause machen.

„Ja, Ottsen?"

„Herr Hauptkommissar Ottsen? Hier Jeff Hargens, der Sohn von Ronald Hargens. Ja, ich habe gestern schon mit Herrn Werner gesprochen. Ja. Ich bin jetzt in Mardorf, im Haus meines Vaters. Ja, ich weiß, dass die Tür versiegelt war, aber hinten war offen. - Tut mir Leid, ich wusste das nicht."

„Wann sind Sie angekommen?"

„Schon gestern Abend, nachdem ich den Anruf von Ihrem Kollegen bekam. Da bin ich dann gleich losgefahren. – Ja, von Münster. Ich habe versucht, meine Mutter zu erreichen. – Ach, Sie auch? – Ja, das hätte ich mir denken können. – Sie haben sie also auch nicht erreicht. – Ja, das finde ich auch merkwürdig. – Nein, ich habe keinen besonders guten Kontakt zu meiner Mutter im Moment. Kann sein, dass sie mit ihrem – Liebhaber – ein paar Tage weggefahren ist. Wohin? – Nein, keine Ahnung ..."

„Sagen Sie, Herr Hargens, Sie sind also erst einmal in Mardorf zu erreichen? Ja? Teilen Sie uns bitte mit, wenn Sie wieder wegfahren. Vielleicht müssen wir noch einmal auf Sie zukommen. Und – ach ja, vielleicht können Sie uns eine Frage beantworten: Hatte Ihr Vater eine Lebensversicherung abgeschlossen?"

Jeff überlegte einen Augenblick.

„Ja, doch, das muss etwa drei Jahre her sein. Da hat ihm ein Vertreter geraten, die Summe zu erhöhen, es hatte auch etwas mit der Altersversorgung zu tun."

„Und wissen Sie zufällig, um welche Summe es dabei ging?"

„Ja, mein Vater hatte noch ein paar Witze darüber gemacht, er wäre Millionär, wenn er tot wäre, und so weiter. Warten Sie, ich glaube, er sprach von fünf Millionen Mark. Ja, *Mark*, nicht Euro."

„Das ist ja sehr interessant, Herr Hargens. Und zu wessen Gunsten ist die Versicherung abgeschlossen worden?"

„Ja, soweit ich weiß, natürlich zu Gunsten meiner Mutter."

„Dankeschön, Herr Hargens. Wenn etwas ist, melden wir uns wieder bei Ihnen. Und machen Sie sich keine Gedanken wegen der versiegelten Tür. Es sieht ganz so aus, als ob es sich beim Tod Ihres Vaters lediglich um einen Unfall gehandelt hat."

Lediglich ein Unfall. Das machte seinen Vater auch nicht mehr lebendig, trotzdem war es Jeff lieber, dass Ronald Hargens ein Unfallopfer und kein Selbstmörder war.

„Ich hab' gerade den Sohn von Hargens am Apparat gehabt", sagte Ottsen zu Werner, der gerade wieder von der Toilette zurück ins Büro gekommen war und schon im Begriff war, seinen hellen Sommermantel anzuziehen. „Macht einen ganz vernünftigen Eindruck. Übrigens, wenn das stimmt, was er sagte, dann ist die Witwe jetzt um fünf Millionen reicher. Allerdings D-Mark. Aber das geht uns jetzt ja nichts mehr an. Also, Werner, jetzt ist wirklich endgültig Feierabend."

37. Kapitel

„Also nochmals vielen Dank, ihr beiden Süßen! Für euch war es hoffentlich mal wieder eine kleine Abwechslung", sagte Benno zu seinen Schwestern, und er konnte sich auch die nächste Bemerkung nicht ganz verkneifen: „Diesmal war es für euch ja auch in jeder Hinsicht einmal eine *ganz andere* Abwechslung."

In der Eichendorffstraße in Hannover-Letter herrschte großer Bahnhof. In Höhe des Hauses Nr. 20, das Dankwart Siebelt und seiner Frau gehörte, stand eine kleine Flottille von Autos in Startposition. Man küsste sich, man umarmte sich, man gab Kommentare zum Erlebten und allgemeine Abschiedsworte von sich. Auch Dankwart und seine Frau (sie war gerade aus Holland zurückgekehrt) beteiligten sich an den blumenreichen Worten und Gesten. Einem Außenstehenden musste es so vorkommen, als wäre ein kleines Verwandtschaftstreffen gerade seinem Ende entgegengegangen.

Emma und Anna würden mit Emmas altem Golf gleich in Richtung Bremen aufbrechen. Den Namen *Shuman* hatten sie bereits abgelegt, aber ihre amerikanischen Pässe hätten sie doch am liebsten behalten, vor allem wegen des etwas günstigeren Geburtsdatums. Doch Dankwart hatte streng die Rückgabe der Papiere verlangt, es dürfe damit kein Schindluder getrieben werden, und vor allem gelte es, „unseren Mann in der Druckerei" nicht auffliegen zu lassen. Also gaben Bennos Schwestern leicht verschämt ihre Reisedokumente zurück.

Nachdem Emma und Anna mit dem Golf davongebraust waren (der Diesel nagelte etwas unangenehm in der sonntagnachmittäglichen Stille der Eichendorffstraße), verabschiedete sich auch Iris von den Siebelts und von Benno und setzte sich in ihren geliebten Twingo. Endlich mal wieder selbst fahren. Doch, das hatte sie schon vermisst.

Sie hatte mit Benno vereinbart, dass dieser am Abend nach Laatzen käme, „aber bitte mit vollem Gepäck", und dass er sein Domizil im „Leine-Hotel" aufgeben würde. Benno wäre ja im „Jagdhotel Hubertusklause" eingeschrieben und hätte sozusagen volles Wohnrecht, inklusive Frühstück.

Iris winkte noch Bussi-Bussi und fuhr davon.

Benno unterrichtete Dankwart kurz über den Stand der Ermittlungen und versicherte ihm, dass die gestohlene Gitarre ab sofort allerhöchste Priorität bei ihm habe. Ansonsten würde er sich melden, und er sei auch über sein Handy zu erreichen.

Dann setzte sich auch Benno in seinen Wagen und verließ die Eichendorffstraße.

Sein erstes Ziel (über weitere Ziele hatte er sich noch keine Gedanken gemacht) war das Büro der Detektei K & S, Am Kanonenwall 58.

Dankwart hatte ihm einen Schlüssel gegeben.

Benno musste dringend mal allein und in aller Ruhe nachdenken.

Er setzte sich in Sinowskys Büro, eingedenk des Versprechens, das er ihm gemacht hatte, er würde ihn mal wieder im Krankenhaus anrufen.

Doch Benno schob den Gedanken zur Seite.

Er saß auf Sinowskys Schreibtischstuhl und stopfte sich seine Sonntagspfeife. Vor ihm lag ein leeres Blatt Papier.

Benno entzündete ein Streichholz und sog heftig an der Pfeife, bis der Raum in blaue Nebelschwaden getaucht war.

Es war still.

„Sie sind nicht ganz zufrieden, Benno?"

Er blickte auf. Ben Snoop war aus dem Nichts aufgetaucht und hatte sich lässig an die Heizung gelehnt. Er zündete seine Lucky mit einem goldenen Feuerzeug an.

„Oh, hallo, Ben," beeilte sich Benno zu sagen, „ich habe Sie gar nicht hereinkommen hören. Nein, ganz zufrieden bin ich nicht. Trotzdem: Herzlichen Dank für alles, was Sie für mich getan haben, da waren ja durchaus einige heikle Situationen dabei. Doch ich denke, es ist besser, wenn ich den Rest allein erledige."

„Ein Mann geht seinen Weg", zitierte Ben.

„Ja," fuhr Benno fort, „ich muss einen Weg finden, wie ich die Gitarrensache zu Ende bringen kann. Das war ja immerhin mein ursprünglicher Auftrag. Doch dann kam dieser Unfall dazwischen."

„Sie sprechen von einem *Unfall*?", Bens Stimme überschlug sich fast. „Für mich sieht es wie ein Mord aus."

„Mord?"

„Ja, gemeiner, hinterlistiger Mord. Es wäre nicht das erste Mal, dass jemand mit Hilfe seiner eigenen Haustiere um die Ecke gebracht wurde. In San Bernardino hat einmal eine eifersüchtige Ehefrau ihren Mann in sein eigenes Piranha-Becken gestoßen, zunächst sah es so aus, als wäre er bei der Fütterung selbst hineingestolpert. War schwer zu beweisen."

Benno stutzte. Wenn Ben nun Recht hatte? Er dürfte das nicht aus den Augen lassen, aber natürlich musste er mit der Gitarre weiterkommen.

„*Cherchez la femme*, mein Lieber," setzte Ben seinen Vortrag fort, „suchen Sie nach der Frau. Ich glaube, in diesem Fall ist eine Frau im Spiel."

„Danke für den Tipp, mein Bester. Aber nun, es wäre nett, wenn Sie mich jetzt in Ruhe arbeiten ließen. Goodbye, Ben!"

„Ja, Sie haben Recht. Ich muss auch zurück in die Oper. Die Lady weiter beschatten. Der zweite Akt müsste eigentlich schon begonnen haben. Goodbye, Benno, aber wenn Sie mich wieder brauchen, Sie wissen ja, wie Sie mich erreichen können."

Benno blickte auf. Der Kollege aus L.A. hatte sich wieder in Luft aufgelöst.

Plötzlich spürte Benno eine Welle von aufkeimender Aktivität in sich.

Im Detektei-eigenen Kostümfundus suchte er einen unauffälligen dunkelgrauen Anzug nebst Hemd und dezenter Krawatte heraus. Er zog sich rasch um, verließ dann den „K & S-Tower" und ging hinüber zum „Leine-Hotel", wo er, sehr zum Leidwesen des Inhabers, seine Sachen aus dem Zimmer holte und offiziell auscheckte. Damit hatte sich auch „der Herr Schmidt aus Erfurt" in Luft aufgelöst.

Als nächstes fuhr Benno zu „Euro-Businesscar" und tauschte seinen Volvo gegen ein anderes Fahrzeug ein. Für Herrn Flach, den jungen Mann, der ihm auch den Volvo-Kombi vermietet hatte und der augenscheinlich wenig begeistert von seinem Sonntagsdienst war, behielt er seine kalifornische Identität als Ben Snoop bei, es hätte sonst Schwierigkeiten geben können. Herr Flach wunderte sich etwas, aber Benno sagte, dass zu dem Anlass, den er im Auge hatte, ein Volvo eher unpassend wäre. Man kam überein, auf einen 5-er BMW, schwarz, zu wechseln. Allerdings bemängelte Benno noch die fehlende Wolldecke im Volvo, was Flach etwas aus dem Konzept brachte, soweit er überhaupt eines hatte. Er entschuldigte sich aber mehrmals und versprach, eine Wolldecke zu beschaffen und notfalls an jede Adresse im Bundesgebiet auszuliefern. Benno beließ es dabei.

Benno erhielt die Papiere, verstaute sein Gepäck im BMW und fuhr gen Laatzen, zu Iris.

Heute wollte er ausnahmsweise einmal richtig pünktlich sein. Ein schönes Abendessen mit ihr, ein paar harmonische Stunden, hoffentlich auch mal wieder ein ausreichender Schlaf, das war es, wonach ihm nun der Sinn stand.

Alles andere konnte seinetwegen bis Montag warten.

38. Kapitel

„Oh, guten Tag, Sie kommen sicher von der *Vitalia* !"
Jeff Hargens schüttelte dem etwa vierzigjährigen Herrn im dunkelgrauen Anzug und mit angenehm dezenter Krawatte, der gerade vor der Haustür stand, die Hand. Der Herr, der einen schmalen Aktenkoffer bei sich trug, hatte zunächst am Tor geklingelt, Jeff hatte gleich den Öffner gedrückt, das Tor war aufgesprungen, und der Herr hatte sich dem Haus genähert, wobei er sich vorsichtig, fast ängstlich nach allen Seiten umgeschaut hatte.
„Keine Sorge, die Hunde sind im Tierheim", lächelte Jeff.
Benno betrat das Haus.
„Sie gestatten, Schmidt, von der *Vitalia*-Lebensversicherung. Erlauben Sie, Herr Hargens, dass ich Ihnen mein aufrichtiges Beileid zum Ableben Ihres Herrn Vaters bekunde ..."
Benno drückte erneut die Hand von Jeff Hargens.
Zum Glück hatte der junge Mann, von dem er bisher nicht einmal gewusst hatte, dass er überhaupt existierte, den Namen *Vitalia* erwähnt.
Benno hatte ursprünglich sowieso den Plan gehabt, als Versicherungsvertreter aufzutreten, versichert waren alle Leute für oder gegen irgendetwas, und wenn man erst einmal ins Gespräch kam, konnte man relativ schnell herausfinden, für den Vertreter welcher Versicherung man eigentlich gehalten wurde.
Mit seiner Vermutung, dass der junge Mann Ronald Hargens' Sohn war, hatte er richtig gelegen. Zunächst einmal sah er seinem Vater ziemlich ähnlich, wenn er auch insgesamt einen weitaus solideren, beinahe bürgerlichen Eindruck vermittelte. Zum anderen hätte wohl kaum ein Fremder, ein Freund oder was auch immer, sich so verhalten, wie dieser junge Mann es tat.
„Sie sind Herr, äh ... Hargens ...", begann Benno.
„Hargens, Jeff Hargens, jott, eh, eff, eff", buchstabierte Jeff.
Das erleichterte die Sache.
Jeff komplimentierte Benno ins Wohnzimmer, das mittlerweile einen sehr ordentlich aufgeräumten Eindruck machte. Es sah jedenfalls nicht mehr so aus, wie Benno es als *Ben* Samstagvormittag verlassen hatte.

„Wie Sie wissen, war ihr Vater bei unserer Gesellschaft lebensversichert", sprach Benno aufs Geratewohl.

Er öffnete kurz seinen Aktenkoffer, in dem sich allerdings nur ein Notizblock und die neueste Ausgabe der *Hannoverschen Allgemeinen* befanden. Benno schloss den Deckel wieder und schaute Jeff verbindlich, aber auch auffordernd an.

„Ja, die Unterlagen," sagte Jeff, „Sie brauchen sicher die Versicherungspolice. Ich habe schon danach geschaut. Aber im Arbeitszimmer meines Vaters ist so ein Durcheinander, dass ich bisher noch nichts gefunden habe."

Benno erkannte, dass er die Oberhand hatte und den Arbeitstakt bestimmen konnte.

„Na, macht ja nichts, Herr Hargens, die Police können wir ja nachher suchen, vielleicht ist sie auch in einem Bankfach, das wird sich schon finden. Also – Begünstigter ist ...?"

„Wie bitte?"

„Ja, wer ist der Begünstigte im Todesfall?"

Jeff schien nicht recht zu verstehen.

Er sah etwas ratlos aus, dann sagte er: „Bitte verstehen Sie das nicht falsch, Herr Schmidt. Aber ehrlich gesagt, ich habe keine Ahnung. Das einzige, was ich weiß, ist, dass mein Vater bei der *Vitalia* versichert ist, – war – und dass die Versicherungssumme fünf Millionen DM beträgt."

Fünf Millionen Mark! Benno stieß einen inneren Pfiff aus. Er musste kurz an Ben Snoops Bemerkung *Cherchez la femme* denken.

„Ich meine, es wäre vielleicht doch das Beste, wenn wir nun gemeinsam nach den Unterlagen suchen würden. Verstehen Sie, ich kann den Fall sonst nicht bearbeiten ..."

Dieser junge Mann, der den merkwürdigen Namen Jeff trug, schien sehr verständnisvoll zu sein.

„Gern, Herr Schmidt, folgen Sie mir bitte!"

Sie begaben sich in den Raum, den Jeff Hargens als „Arbeitszimmer" seines Vaters bezeichnet hatte. Das Zimmer war ungefähr 30 Quadratmeter groß und mit Regalwänden geradezu vollgestopft, auf denen sich ein heilloses Durcheinander von Platten, CDs, Bandkassetten, Büchern, Sammelordnern und Aktenordnern befand. Vor der Fensterwand war ein eingebauter Schreibtisch, dessen Maße Benno auf viereinhalb mal zwei Meter schätzte. Auf diesem Schreibtisch waren mindestens zwei Computer, Scanner, mehrere Drucker und weitere technische Geräte untergebracht, deren näheren Sinn er nicht auf den ersten Blick erfassen konnte.

„Hier müsste der Ordner mit den Versicherungen irgendwo zu finden sein", meinte Jeff Hargens optimistisch.

Benno schaute etwas streng drein, worauf Jeff sich eifrig auf die Suche begab.

„Es könnte sein, dass hier drin ..." Weiter kam Jeff nicht, denn das Telefon, das Benno zunächst auf dem Schreibtisch übersehen hatte, klingelte.

Jeff hob den Hörer ab.

„Ja, Hargens, Jeff Hargens ... Ja, Herr Paulsen ... Jetzt sofort? ... Oh, ich weiß nicht so recht ... Kleinen Augenblick, bitte ..."

Jeff hatte den Hörer auf die Schreibtischplatte gelegt und wandte sich kurz an Benno: „Herr Schmidt, es ist der Beerdigungsunternehmer, ich müsste jetzt eigentlich dringend weg ... Wenn Sie so lange warten möchten? Vielleicht werden *Sie* ja fündig! Aber wenn Sie keine Zeit mehr haben, dann ..."

„Kein Problem, Herr Hargens," unterbrach Benno ihn, „ich habe heute Vormittag keine weiteren Termine. Wenn Sie nichts dagegen haben, schaue ich die Unterlagen weiter durch. Ich warte dann auf Sie. Lassen Sie sich ruhig Zeit!"

„Das ist sehr nett, es dauert auch höchstens eine Stunde. Wenn Sie möchten, nehmen Sie sich doch bitte Kaffee, steht in der Küche."

Jeff nahm den Hörer wieder auf: „Ja, Herr Paulsen, ich höre gerade, es geht doch. Ich fahre dann gleich zu Ihnen `rüber."

Er legte auf.

„Es ist wegen der Beerdigung. Die Leiche ist von der Kripo zur Beerdigung freigegeben worden, und da muss ich natürlich mit Herrn Paulsen die Details ..., Sie verstehen?"

„Selbstverständlich, Herr Hargens. Oh, Sie scheinen sich selbst um alles kümmern zu müssen? Keine leichte Aufgabe für einen jungen Mann wie Sie!"

Jeff schaute ihn kummervoll an: „Irgendjemand muss es ja tun. Meine Mutter habe ich immer noch nicht erreichen können."

Bevor seine Augen ganz feucht geworden waren, verabschiedete sich Jeff mit einem „Bis später!" von Benno.

Cherchez la femme.

39. Kapitel

Benno nahm den Ordner in die Hand, den Jeff gerade auf dem Schreibtisch abgelegt hatte, als der Anruf gekommen war. Im Hintergrund hörte er Jeff mit seinem Auto vom Hof fahren.

Dass dieser junge Mann so leichtsinnig war, ihm einfach zu vertrauen ... Aber Benno beschloss, ihm deshalb nicht gram zu sein, immerhin profitierte er davon und könnte jetzt ein wenig auf die Suche nach der Gitarre gehen.

Irgendetwas bewog ihn aber dazu, das Arbeitszimmer noch etwas näher zu untersuchen. Er schaute sich um, aber die unbeschreibliche Unordnung in den Regalen war nicht gerade dazu angetan, seinen Spürsinn in eine bestimmte Richtung zu lenken.

Vielleicht der Computer?

Benno setzte sich an den Schreibtisch und schaltete den Rechner an. Hmm, kein Passwort notwendig, hier konnte ja einfach jeder ran. Offenbar hatte Ronald Hargens nicht mit einem Schnüffler gerechnet.

Der Desktop war voll mit allen möglichen Verknüpfungen. „Bank", „Spiders", „Haus" und „Briefe" las Benno. Aber auch „Überwachung", was ihn etwas stutzig machte.

Er klickte auf „Überwachung".

Was Benno jetzt zu sehen bekam, erstaunte ihn sehr. Es war der Ordner mit der lückenlosen Ereignis-Aufzeichnung eines Systems von Überwachungskameras. Ihm war diese Technik zwar nicht ganz fremd, aber hier schien es sich um die neueste Generation der Überwachungsanlagen zu handeln. Offensichtlich gab es draußen vor dem Haus eine Reihe von Überwachungskameras mit Bewegungsmeldern, die „Ereignisse" im Bild festhielten und an eine zentrale Einheit sandten, die offenbar mit dem Rechner verbunden war, bzw. deren Bilder man mit Hilfe der Computer-Software abrufen konnte.

Benno klickte sich aufgeregt durch die Dateien. Auf dem Monitor erschien das Bild seiner selbst, vorhin am Tor aufgenommen, mit Datum und sekundengenauer Uhrzeit. Das gab es doch gar nicht! Warum hatte niemand etwas von einer Überwachungskamera gewusst, offensichtlich weder die Polizei nach dem Einbruch noch sonst irgendjemand, nicht einmal der Sohn, wie sein Eindruck war. Benno klickte sich durch weitere Aufnahmen durch, bis er feststellte, dass man sowohl einzelne Kameras (es gab insgesamt fünf Stück rund um das Haus) als auch einzelne Daten und genaue Uhrzeiten aufrufen konnte.

Er horchte auf, weil er den Eindruck hatte, Jeff Hargens könnte überraschend zurückgekehrt sein. Nachdem er sich durch einen Blick aus der Haustür vom Gegenteil überzeugt hatte, kehrte er an den Computer zurück. Er rief „Freitag, 6. Mai" auf. An diesem Tag hatte sich wohl nicht allzu viel bewegt, es gab nur eine Aufnahme vom Briefträger, der die Post einsteckte, ein paar Aufnahmen von Ronald Hargens' Aufbruch nach Cloppenburg und ein paar weitere, eher ausdruckslose Aufnahmen vom Hofplatz, die wohl von den Bewegungen der Hunde oder der Vögel hervorgerufen worden waren.

Natürlich, die Party hatte ja eigentlich erst nach Mitternacht, also am Samstag, begonnen!

Benno ging auf „Samstag, 7. Mai" – hier gab es jede Menge Aufnahmen von Ron, den Spiders und sämtlichen Gästen, die zur Party kamen. Er sah auch ein Bild, das ihn in Begleitung von Emma und Anna zeigte, als sie gerade auf das Haus zugingen. Nun wurde es kritisch. Was wäre mit den frühen Morgenstunden, als Ronald Hargens zu Tode kam?

Hier gab es recht viele Aufnahmen. „5.30.07": Das Bild eines unbekannten, relativ großen Mannes am Tor. „5.31.32": Derselbe Mann hat einen sehr großen Hund an der Leine. „5.31.56": Der Hund ist in der Mitte zwischen Toreinfahrt und Haustür zu sehen, der Mann ist beim Tor stehen geblieben. „5.32.32": Das Bild zeigt Ronald Hargens, der offenbar von dem Hund, es scheint ein so genannter Kampfhund zu sein, angefallen wird. Ganz deutlich zu sehen. Unglaublich.

Benno atmete tief durch. Er horchte wieder auf, aber niemand kam, er konnte noch weitere Bilder betrachten.

Was in diesem File lückenlos dokumentiert war, ließ sich schließlich so zusammenfassen: Ein Mann hetzt einen Hund auf Ronald Hargens, der Hund tötet ihn, der Mann greift sich den Hund, was offenbar sehr schwierig ist, nimmt ihn an die Leine, verpasst ihm einen Maulkorb, der Mann geht zum Hundezwinger, öffnet die Tür,

so dass die Rottweiler herauskönnen, diese bleiben noch einge-
schüchtert längere Zeit in ihrem Zwinger, der Mann verlässt das
Gelände zusammen mit dem Hund, schließt das Tor. Die Rottweiler
kommen heraus, laufen offenbar herum und schnuppern an ihrem
getöteten Herrn, aber sie lassen ihn anscheinend in Ruhe.
Benno reichte es langsam. Seine Hände zitterten. Das war doch
einfach unglaublich. Von wegen Unfall – Ben hatte Recht gehabt –
das war *Mord*! Gemeiner, hinterlistiger Mord!
Benno besann sich. Man müsste doch irgendwie dieses Bild von
dem Mann am Tor festhalten können. Ausdrucken? Vielleicht keine
schlechte Idee. Aber dann fand er eine Diskette, deren Inhalt, er war
hoffentlich nicht wichtig gewesen, er zunächst löschte, bevor er eine
Reihe von Dokumentations-Bildern darauf übertrug. Dann schloss
er den Ordner „Überwachung" und rief zur Sicherheit noch einmal
die Bilder von der Diskette auf. Es hatte funktioniert. Benno nahm
die Diskette aus dem Laufwerk und verstaute sie in seiner Brieftasche. Schließlich schaltete er den Computer aus.
Er brauchte jetzt dringend frische Luft.
Mit dem Ordner in der Hand ging er nach draußen. Er enthielt tatsächlich die Lebensversicherungs-Police.
Fünf Millionen Mark – zugunsten von Ronald Hargens' Ehefrau
Judith. Im Falle eines Unfalls ... kein Problem. Aber bei Mord zahlte
keine Versicherung der Welt an den Mörder. Oder die Mörderin.
Cherchez la femme.

Benno wartete draußen auf Jeff Hargens' Rückkehr. Während er
über den Hofplatz spazierte, versuchte er die Überwachungskameras ausfindig zu machen. Er erinnerte sich an die Blickwinkel der
Dokumentations-Aufnahmen und konnte schließlich alle fünf Kameras entdecken. Sie waren sehr geschickt getarnt in die Dachrin-
nen eingebaut worden. Merkwürdig. Die meisten Leute zogen es
vor, potentielle Einbrecher mit sehr gut sichtbaren Kameras abzu-
schrecken, was allerdings auch nicht viel nutzte, soweit ihm das
seine Berufserfahrung sagte.

Jeff kam schließlich zurück, Benno sagte ihm, er hätte die Unterlagen gefunden und sich die Daten, die er brauchte, notiert. Die
Vitalia würde dann von sich hören lassen. Und übrigens: „Vielen

Dank für den Kaffee!", aber den hätte Herr Schmidt doch ganz vergessen. Doch nun müsste er los. Vielleicht auf bald einmal, der junge Herr Hargens hätte sicher auch schon mal an eine Lebensversicherung gedacht, nicht wahr?

40. Kapitel

Benno stieg in den schwarzen Miet-BMW der Firma „Euro-Businesscar" und fuhr mit etwas höherer Geschwindigkeit, als es seine Gewohnheit war, in Richtung Hannover. Sein Fahrtziel war ihm zunächst noch nicht völlig klar. Der erste Impuls war, Dankwart Siebelt aufzusuchen und mit ihm alles zu besprechen, aber während er auf dem Weg zum „K & S-Tower" war, wurde ihm immer klarer, dass er nun doch die Karten auf den Tisch legen müsste und dass es mit dem Ben-Snoop-Versteckspiel endgültig vorbei war, egal, welche Konsequenzen sich daraus ergeben würden. Also lenkte er den Wagen nicht in den „Kanonenwall", sondern in die Schützenstraße, wo es ihm mit einiger Mühe gelang, einen freien Parkplatz zu ergattern.

Benno stieg aus und überlegte einen Moment, ob es einen besseren oder einen schlechteren Eindruck machte, wenn er seinen Aktenkoffer dabei hätte. Er entschied sich für den Aktenkoffer und ging durch das Eingangsportal zum Empfang.

Beim Pförtner fragte er, ob Hauptkommissar Ottsen im Haus wäre.

Der Pförtner fragte nach, verneinte dann, meinte aber, sein Mitarbeiter Kommissar Werner wäre oben in seinem Büro. Benno nickte zustimmend, während der Pförtner ihn bereits nach seinem Namen fragte, und in welcher Angelegenheit er käme.

„Jenssen, Benno Jenssen."

„Jensen?"

Benno kannte das ja. Es war immer wieder dasselbe. Aber man musste die halbe Minute durchstehen.

„Nein, Jenssen. Mit Doppel-S. Ich komme wegen des Mordes in Mardorf."

Der Pförtner tauschte noch einige Worte mit Kommissar Werner aus, der scheinbar zunächst mit dem Wort „Mord" nichts anzufangen wusste.

Dann sprach der Pförtner: „Also bitte, Herr Jenssen. Kommissar Werner erwartet Sie. Nehmen Sie den Fahrstuhl und dann..."

„Danke, ich kenne den Weg!"

Klopf, klopf.

„Herein!"

Benno betrat den Büroraum, an dessen einem Schreibtisch Kommissar Werner Werner gerade mit einem Aktenberg kämpfte.
„Mr. Snoop!"
„Nein, nein, Herr Kommissar, es hat sich ausgesnoopt. Ich kann ihnen gleich alles erklären. Es wäre mir aber lieber, Ihr Kollege wäre auch gleich dabei, dann muss ich nicht alles zweimal sagen."
Werner Werner verstand nicht so recht, aber dieser Mr. Snoop schien es sehr ernst zu meinen. Nun, er wusste ja, wo Enno gerade war, er war im Hause bei Müller zwo von der Spurensicherung. Werner rief an, und kurze Zeit später traf der Hauptkommissar in seinem Büro ein.
Er blickte Benno fragend an, offenbar wunderte er sich, dass Mr. Snoop *hier* war und nicht in Kopenhagen.
„Lassen Sie lieber ein Band mitlaufen, wegen des Protokolls," meinte Benno, „denn das, was ich Ihnen jetzt erzählen werde, glauben Sie nur, wenn Sie es mindestens dreimal in aller Ruhe nachgelesen haben werden!"
Benno durfte sich endlich setzen, und Werner holte seinen „Pearlcorder 5926" aus der Schreibtischschublade, nicht ohne sich vorher vergewissert zu haben, dass eine Cassette eingelegt war und die richtige Bandgeschwindigkeit, nämlich die langsamere, sonst würde man zu viele Cassetten verbrauchen, gewählt war. Er drückte auf den Aufnahmeknopf, und die kleine rote Lampe teilte Benno mit, dass für ihn jetzt grünes Licht wäre.
„Meine Herren," begann Benno, „ich bitte Sie, mir zunächst für etwa fünf Minuten einfach zuzuhören und mich nicht zu unterbrechen. In Ordnung? *(Die Kommissare nickten ernst.)* Also, zunächst einmal bin ich nicht derjenige, für den Sie mich bisher gehalten haben. Mein Name ist nicht Ben Snoop, ich bin auch kein Amerikaner, und ich habe von Musik so wenig Ahnung wie die Kuh vom Schlittschuhlaufen. In Wahrheit bin ich Benno Jenssen, Privatdetektiv aus Ginsberg, das liegt im Hessischen, jaja, ich habe im Auftrag der Detektei K & S hier in Hannover eine Ermittlung durchzuführen. Es geht um Ronald Hargens. Sie wissen sicher, dass am 20. April bei

Hargens eingebrochen wurde, dabei wurde eine wertvolle Gitarre gestohlen, die hoch versichert war. Die Versicherung, die *Hannoversche Feuer- und Sach*, hielt es für denkbar, dass ein Versicherungsbetrug begangen wurde. Aus diesem Grund wurde die Detektei K & S beauftragt, für die ich tätig bin."

Benno machte eine Pause. Ein Schluck Wasser wäre ihm durchaus willkommen gewesen. Ottsen und Werner betrachteten ihn aufmerksam und waren offenbar geneigt, ihm weiter zuzuhören. Daher setzte er fort: „Ich habe mich als Mr. Snoop aus Los Angeles sozusagen an Ronald Hargens herangemacht, um Gelegenheit zu bekommen, vielleicht in seinem Haus Spuren zu finden. Ich war in der Nacht von Freitag auf Samstag im Hause, und die Dinge haben sich in der Tat auch so abgespielt, wie ich es Ihnen gestern als Mr. Snoop schon mitgeteilt habe."

„Und die Damen," warf Werner ein, „waren die etwa auch nicht echt?"

„Nein," gab Benno zu, „es gibt keine *Mystic Girls*, es würde jetzt etwas zu weit führen, wenn ich das alles erklären müsste. Ich wäre Ihnen sehr dankbar, wenn wir die Damen zunächst aus dem Spiel lassen könnten."

Hauptkommissar Ottsen nickte kurz. „Weiter, Herr Jenssen!"

„Heute Morgen habe ich Jeff Hargens aufgesucht, er hielt mich für den Vertreter der Lebensversicherung. Wir haben gemeinsam nach der Versicherungspolice gesucht. Später hat er mich dann einige Zeit allein im Haus gelassen, er musste etwas wegen der Beerdigung seines Vaters regeln, und während dieser Zeit hatte ich die Absicht, nach dem Verbleib der angeblich oder tatsächlich gestohlenen Gitarre zu forschen. Bei dieser Gelegenheit stieß ich auf die Überwachungsanlage des Hauses und habe einige Bilder sichergestellt, die meiner Meinung nach eindeutig belegen, dass es sich beim Tod von Ronald Hargens um keinen Unfall gehandelt hat."

Benno machte eine Pause. Er bedeutete Werner, er möge doch einmal kurz das Band anhalten.

Hauptkommissar Enno Ottsen hatte schon manches erlebt, aber das war ja einfach ungeheuerlich. Gestern Snoop, heute Jenssen. Was würde der Mann morgen für eine Geschichte auftischen? Eigentlich sollte er ihn zusammenpfeifen, Irreführung der Staatsorgane et cetera et cetera, aber Ennos Erfahrung sagte ihm auch, dass er damit alles verderben könnte. Der Mann schien ja sehr kooperativ zu sein, sollte er doch erstmal seine Geschichte zu Ende bringen.

Benno bat um etwas zu trinken.

„Lass man, Werner, ich mach' das schnell."

Ottsen ging kurz nach draußen zum Getränkeautomaten am Fahrstuhl und kehrte mit drei gut gekühlten Colaflaschen zurück.

„Rauchen Sie?", fragte Enno Ottsen und bot Benno ein Zigarillo an.

„Wenn Sie erlauben, bevorzuge ich meine Pfeife."

Werner Werner verkniff sich einen missbilligenden Blick.

Benno bedeutete ihm, das Band könnte jetzt weiter laufen.

„Ich habe hier einige Bilder aus der Datei der Überwachungskamera mit Datum und genauen Uhrzeiten. Die sollten Sie sich unbedingt ansehen!"

Benno zog vorsichtig seine Brieftasche aus der Jacketttasche und überreichte Werner die Diskette.

Werner legte sie ein, und nach einigen Klicks konnten die Kommissare Bennos Ausbeute betrachten. Werner las die Daten der Dateien vor und gab jeweils eine kurze Bildbeschreibung für das laufende Band.

„Halt mal, stopp!", rief Werner plötzlich.

„Langsam, langsam, was hast du denn?", fragte Ottsen.

„Das gibt's doch nicht – bei dem hab' ich doch meine Einkommensteuererklärung abgegeben! Das ist doch so'n ganz pingeliger Beamter vom Finanzamt!"

41. Kapitel

Werner Werner raufte sich buchstäblich die Haare. Er ging der Reihe nach noch einmal alle Bilder auf dem Monitor seines Computers durch und vergrößerte die Ansicht. Nein, da konnte doch gar kein Zweifel bestehen, das war ja tatsächlich dieser unmögliche Mensch vom Finanzamt, ach, wenn ihm jetzt nur der Name einfallen würde, der hatte ihm doch bisher bei jeder Steuererklärung einen Strich durch die Rechnung gemacht. Mal wollte er Werners Einsatzfahrten nicht anerkennen, mal nicht die Bahnfahrt zum Lehrgang beim BKA, mal nicht das Arbeitszimmer, das er sich in seiner Doppelhaushälfte eingerichtet hatte. Es gäbe keine Notwendigkeit für einen Kriminalbeamten, ein Arbeitszimmer in seinem eigenen Haus zu haben, Werner hatte sogar kurz erwogen zu prozessieren. Er führte einen ständigen Kleinkrieg gegen diesen Finanzfuzzi.

Benno hatte sich derweil im Büroraum umgeschaut und die zahlreichen Karteikärtchen an den Pinnwänden und zusätzlichen Stellwänden bewundert. Werner hatte sie noch nicht wieder abdekoriert, obwohl der Fall ja eigentlich abgeschlossen gewesen war. Kriminalrat Schmitz hatte noch kein grünes Licht für den Abschlussbericht gegeben, er wollte eine absolut wasserdichte Geschichte für die Presseerklärung haben, an der er offenbar seit dem Wochenende herumbastelte.

Benno verfolgte die Kärtchen von „Ronald Hargens" über „Jeff Hargens" bis hin zu „Judith Hargens".

Cherchez la femme.

„Sagen Sie, Herr Kommissar," unterbrach er Werners Betrachtung der Überwachungs-Fotos, „mit wem ist eigentlich die Frau von Ronald Hargens jetzt zusammen?"

„Moment, der Sohn hat uns ja ihre Adresse mitgeteilt, schauen Sie, hier ..." Werner war aufgestanden und hatte mit einem sicheren Auge die richtige Karteikarte an der Pinnwand gefunden: „Edgar Müller ..."

Edgar Müller! *Steueroberinspektor Müller!*

„Enno, wir haben ihn! Kein Zweifel, das ist der Steueroberinspektor Edgar Müller vom Finanzamt Hannover-Land I. Der Liebhaber, Freund oder was auch immer man will von Judith Hargens."

„Gut, gehen wir mal davon aus, du hast Recht, Werner. Dann wollen wir doch mal feststellen, ob dieser Edgar Müller irgendwo als Hundehalter eingetragen ist. Vielleicht sogar beim Ordnungsamt, das Vieh scheint ja so eine Art Kampfhund zu sein. Kennt sich einer von euch mit Hunderassen aus?"

Ganz automatisch hatte er Benno „mitgeduzt", wodurch dieser sich in den erlauchten Kreis der Ritter der Tafelrunde erhoben fühlte. Leider musste aber auch er verneinen, nein, er könnte gerade noch einen Dackel von einem Pudel unterscheiden.

Enno Ottsen griff zum Telefon. Nach ungefähr drei Telefonaten hatte er herausbekommen, dass ein Herr Edgar Müller, wohnhaft Kiffkampe 58 in Hannover, Halter eines als gefährlich eingestuften *Mastiffs* sei. Dieser Hund dürfe nur mit Maulkorb und an der Leine geführt werden, und die Haltung sei mit strengen Auflagen nach der neuen Kampfhundeverordnung des Landes Niedersachsen verbunden, die auch regelmäßig kontrolliert würden. Auf seine Nachfrage hin wurde Ottsen noch mitgeteilt, dass ein ausgewachsener Mastiff schon 80 bis 90 Kilo auf die Waage bringen könnte. Der Hauptkommissar bedankte sich für die Auskunft und legte auf.

Kommissar Werner hatte bereits ein neues Karteikärtchen beschrieben.

„Moment noch," sagte Ottsen, „ich frage auch mal bei dem Sohn nach, bei diesem Jeff Hargens, vielleicht weiß der auch was darüber."

Er wählte Jeffs Nummer, die er zuvor von der Pinnwand schräg hinter ihm abgelesen hatte.

Ottsen ließ sie wieder mithören.

„Hargens?"

„Herr *Jeff* Hargens? – „Ja." – „Hier Hauptkommissar Ottsen, Kriminalpolizei Hannover. Sagen Sie, Herr Hargens, ich habe da noch eine Frage: Ihre Mutter lebt mit einem *Edgar Müller* zusammen, richtig? – Ja, gut. – Hat der Herr Müller einen Hund?"

„Oh, allerdings, einen ziemlich fürchterlichen sogar, so eine Art Kampfhund. Wissen Sie, ich mag Hunde sehr, besonders unsere eigenen, bisher jedenfalls, aber als ich einmal meine Mutter bei diesem Edgar Müller besucht habe, schon etwas länger her, da habe ich richtig Angst bekommen vor diesem Riesentier. Und der Herr Müller hat mich einfach ausgelacht. Sie können sich vorstellen, dass der für mich gestorben war."

„Die Rasse wissen Sie nicht? – Könnte es ein Mastiff gewesen sein? Ja, möglich? – Gut, vielen Dank, Herr Hargens, Sie haben mir sehr geholfen."

Er legte auf.

Benno nahm einen Schluck aus seiner mittlerweile nicht mehr so ganz eiskalten Colaflasche und zündete seine Pfeife an.

Er fühlte sich im Kreise der Kommissare langsam richtig zu Hause.

„Sagten Sie vorhin nicht etwas von Hargens' Lebensversicherung, Herr Jenssen? Können Sie mir da noch mal auf die Sprünge helfen?"

„Sicher, ich habe die Police heute Vormittag ja selbst in Händen gehabt. Ronald Hargens war mit fünf Millionen D-Mark bei der *Vitalia* versichert. Zu Gunsten seiner Ehefrau Judith Hargens."

„Von der er ja – noch? – nicht geschieden war. Dann sieht es ja so aus, als wollten Frau Hargens und Herr Müller die Lebensversicherung einstreichen. Geschickt gemacht, die Sache mit dem Mastiff. Und dann die Schuld den eigenen Rottweilern zugeschoben. Herr Jenssen, Respekt, ohne Ihre Mithilfe hätten wir das nicht herausbekommen. – Werner: Gib mal eine Fahndung `raus: Gesucht werden Judith Hargens und Edgar Müller, dringend verdächtig des Mordes an Ronald Hargens et cetera pp. – Und dann mach' mir bitte einen Termin bei Schmitz und dann noch einen Termin beim Staatsanwalt. Und dieser Landpolizist in Mardorf – der muss auch noch verständigt werden. Hast du alles? In Ordnung. Ich bin in einer halben Stunde wieder da. – Herr Jenssen, darf ich Sie zum Essen in unsere hervorragende Kantine bitten?"

42. Kapitel

Dienstagmorgen auf dem Gelände der Freiwilligen Feuerwehr Mardorf.

Taktische Zeit: 08.00 Uhr MESZ

Vor dem Spritzenhaus der Mardorfer Feuerwehr waren einige Fahrzeuge aufgefahren: In Werner Werners grünem Mercedes saßen dieser selbst sowie Hauptkommissar Enno Ottsen und Privatdetektiv Benno Jenssen. Er war bereits vor einer Viertelstunde eingetroffen und hatte seinen gemieteten BMW „etwas außerhalb der Schusslinie" abgestellt. In dem Polizei-Golf älterer Bauart saß Oberwachtmeister Roderich Feldt, das „FuG 8"-Sprechfunkgerät im Auge sowie seine mögliche Beförderung zum Hauptwachtmeister nach dem hoffentlich erfolgreichen Abschluss dieser Aktion. In einem relativ hellgrünen Omnibus mit dem Kennzeichen H – 8901 saßen 31 Bereitschaftspolizisten, deren Tatendrang zwischen voller Begeisterung und heftigem Desinteresse variierte. Soeben waren sie noch vom Hauptkommissar am Bus-Mikrofon über die bevorstehende Durchsuchung des Hauses und Geländes des verstorbenen Rock-Gitarristen Ronald Hargens informiert worden. Das Ziel der gesamten Aktion hätte man in dem Aufforderungssatz „Bringt mir diese verdammte Gitarre!" zusammenfassen können, aber Ottsen hatte blumenreichere Worte gefunden.

Dass so viele Leute sich an der Suche nach der legendären Stratocaster beteiligen würden, hatte Benno seinem gestrigen Gespräch mit Enno Ottsen in der Kantine der Kripo zu verdanken. Bei diesem Gespräch hatte Benno alle Karten auf den Tisch gelegt, bis auf die Identität seiner „Mystic Girls", die er „als Gentleman" nicht unbedingt preisgeben wollte. Ottsen hatte diesem Umstand unter einer gewissen Bedingung zugestimmt, auf die man später noch zurückkommen würde.

Benno war nach seinem Gespräch mit Enno Ottsen, das immer näher an der „Duz-Grenze" geführt worden war, nach Laatzen gefahren und hatte den restlichen Sonntag in einträchtiger Harmonie mit Iris verbracht, inklusive Nachmittagsspaziergang und ausführlichem Kaffeetrinken in einem netten Lokal.

Werner Werner hupte zweimal, und die Kolonne setzte sich in Bewegung.

Ottsen hatte Jeff Hargens bereits gestern über die Durchsuchung informiert, er hatte es vorgezogen, mit offenen Karten zu spielen. Jeff seinerseits hatte dieses Entgegenkommen dadurch honoriert, dass er Kaffee für die Polizei vorbereitet hatte sowie achtzig belegte Brötchen bei einer Mardorfer Bäckerei bestellt hatte.

Nach einigen Minuten fuhren die Fahrzeuge auf den Hofplatz des Hargens'schen Anwesens.

Jeff hatte das Tor geöffnet und bildete das Ein-Mann-Begrüßungskomitee.

Der Zugführer der Bereitschaftspolizei ließ seine Männer, oh, es waren doch auch einige Frauen dabei, absitzen. Er ließ die Gruppenführer zu sich kommen und besprach kurz den Einsatzplan. Ottsen, Werner und Benno hielten sich zunächst im Hintergrund und wechselten einige Worte.

Es war wohl an der Zeit, auch Jeff Hargens reinen Wein einzuschenken, Benno war dazu durchaus geneigt, aber den Hauptkommissar hielt wohl berufliche Vorsicht etwas zurück. Der junge Mann würde schon zu erfahren bekommen, was es mit dem Tod seines Vaters auf sich hatte. Alles zu seiner Zeit.

So erschöpfte sich die Konversation mit Jeff Hargens lediglich in dem Punkt, dass man das Gelände nach einer vermeintlich verschwundenen oder gestohlenen Gitarre absuchte, die eine wichtige Rolle in dem gesamten Fall spielen würde.

Jeff erschien das etwas rätselhaft. Er sagte aber nichts, sondern konzentrierte seine Hoffnung eher darauf, dass die Herren und die wenigen Damen bei ihrer Suche keinen allzu großen Flurschaden anrichten würden.

Es ging los, man schwärmte in kleinen Trupps aus. Ein relativ großer Teil der Polizisten verschwand im Haupthaus, der geringere Teil verteilte sich auf das Gelände, die Garagen und Nebengebäude.

Es waren kopierte Fotos der Stratocaster, die die Versicherung zur Verfügung gestellt hatte, ausgegeben worden.

Man fand ja schon einige Gitarren, aber es war nicht die beschriebene darunter.

Benno setzte sich von Ottsen und Werner ab und forschte eigenständig vor sich hin. Wo würde er selbst, wenn er Ronald Hargens (gewesen) wäre, eine Gitarre verstecken?

Leichte Zweifel begannen an ihm zu nagen. Wenn es nun doch ein echter Einbruch gewesen war? Wenn die berühmte Gitarre nun doch irgendwo in der Weltgeschichte herumschwirrte und gerade einem verrückten Sammler für eine Million Dollar ausgehändigt wurde?

Die *Überwachungsanlage*! Dass er nicht vorher darauf gekommen war! Benno ging ins Haus und betrat das Arbeitszimmer, das er ja bereits kannte. Eine junge Polizistin hatte sich gerade ein paar Fotos in Ronald Hargens' Privatalbum angesehen und erschrak, als Benno eintrat. Sie wurde etwas rot und verließ wortlos den Raum. Benno schloss die Tür, setzte sich an den superbreiten Schreibtisch und fuhr den Computer hoch. Er fand sehr schnell die Dokumentations-Dateien der Überwachungskameras und klickte sich in die April-Liste hinein. Doch weder am 20., noch am 19. oder 21. April waren „Ereignisse" dokumentiert, geschweige denn im Bild festgehalten worden. Stattdessen standen dort rote „**W**"-Zeichen. Benno musste etwas überlegen und auch die Hilfe-Datei in Anspruch nehmen, bis er erkannte, dass an diesen Tagen „wegen **W**artungsarbeiten" keine Aufzeichnungen vorgenommen werden konnten. Dann war es ja kein Wunder: Entweder hatte Hargens der Polizei nichts von den Überwachungskameras mitgeteilt, weil diese gerade am Tag des Einbruchs nicht funktionierten, oder er hatte sie absichtlich abgeschaltet, um einen selbst inszenierten Einbruch zu vertuschen. Immerhin war nun klar, dass es kein Bild von einem Einbrecher Mister X gab.

Wo würde ich die Gitarre verstecken, wenn ich sie noch hätte? Ein Schließfach am Bahnhof? Zu riskant, dabei könnte man gesehen werden. Zu Bekannten bringen? Auch zu riskant, wozu soll man Mitwisser haben. Nein, irgendwo verstecken, wo kein normaler Mensch suchen würde.

Plötzlich hatte Benno eine Eingebung. Es war nur so ein ganz kleines, unbestimmtes Gefühl. Aber er kannte dieses Gefühl. Das Gefühl, dass man gleich einen ganz großen Schritt weiter sein würde.

Benno fuhr den Computer herunter und verließ das Arbeitszimmer. Im Flur traf er Werner, der offenbar ziellos umherstreifte und innerlich schon mit der geplanten Kaffeepause beschäftigt war.

„Herr Werner, kommen Sie mal mit nach draußen?"

Werner folgte ihm auf den Hofplatz. Hier wimmelte es von Uniformen, denn die Sonne schien und es hatte das Gerücht gegeben, gleich würden bei der Garage Brötchen verteilt werden.

Sie näherten sich dem verlassenen Hundezwinger, der etwas abstoßend roch und daher nicht gerade zu einer Haussuchung einlud.

„Hat jemand die Hundehütte durchsucht?", fragte Benno lautstark.

Die Gesichter um ihn herum wirkten auf ihn wie übergroße Fragezeichen.

„Kommen Sie", forderte er Werner auf.

Sie zwängten sich durch die Gittertür und gingen vorsichtig auf die wenig einladend aussehende hölzerne Hundehütte zu. Benno atmete tief ein, bevor er einen Blick ins Innere riskierte.

„Ich brauche eine Taschenlampe."

„Eine Taschenlampe!", rief Werner.

„Eine Taschenlampe!", echote es über drei bis vier Stationen, bis sich ein Kollege fand, der tatsächlich eine Taschenlampe mit aufgeladenem Akku bei sich hatte.

Man reichte sie an Benno weiter.

Er leuchtete den Innenraum der Hundehütte aus. Sehr gemütlich war das ja nicht gerade, zum Glück war er ein Mensch, kein Rottweiler.

„Ich brauche ein Brecheisen!"

Es dauerte eine Weile, aber Benno erhielt ein kleines, handliches Brecheisen.

Mit diesem Werkzeug hantierte er an den Bodenbrettern herum. Sie lösten sich schwer, der Tischler oder Zimmermann hatte wohl gute Nägel genommen. Drei Bretter hatte Benno bereits gelöst, bis sich unter dem nächsten Brett statt des zu erwartenden Betonbodens ein Hohlraum fand. Benno löste weitere Bretter, der Hohlraum vergrößerte sich. Er nahm die Taschenlampe und leuchtete hinein. Auf dem Boden des Hohlraums lag ein Aluminiumkoffer. Seine Maße würden zulassen, dass ...

Benno zerrte den Koffer hervor und verließ, rückwärts kriechend, die Hundehütte, den Koffer hinter sich herziehend.

Werner Werner, der seine Tätigkeit halb überrascht, halb amüsiert verfolgt hatte, blickte ihn nunmehr sehr erstaunt an.

Der Koffer war abgeschlossen, aber Benno konnte mit Hilfe des Brecheisens vorsichtig das Schloss abheben. Der Deckel sprang auf. Kein Zweifel, es war die *1963-er Fender Stratocaster*, die einmal dem legendären Gitarristen Jimi Hendrix gehört hatte. Auf dem weißlackierten Korpus waren noch Brandspuren von einem Konzert, bei dem Hendrix seine Gitarre angezündet hatte. Benno hob die Gitarre so vorsichtig heraus, als ob sie der Heilige Gral wäre.

Die Suchaktion wurde sofort eingestellt. Man trat auf dem Hof an und erhielt Informationen, Kaffee und Brötchen. Die Kollegen von der Polizei waren zwar einerseits ein bisschen eingeschnappt, dass keiner von ihnen auf die Idee gekommen war, die Hundehütte auf den Kopf zu stellen, andererseits enthob Bennos Fund sie weiterer mühseliger Wühlarbeit in zum Teil ziemlich staubigen Bodenräumen. Ein Kollege hatte bereits von einer Fledermaus-Attacke berichtet, aber diese Aussage erschien den anderen als nicht besonders glaubhaft.

Benno und Ottsen kamen überein, noch weiter in Kontakt zu bleiben. Benno würde noch ein, zwei Tage in Laatzen bleiben. Nach der Kaffeepause hieß es „Aufsitzen!", und zurück blieb ein etwas verstörter Jeff Hargens, der Benno schon mehr als nur ein wenig Leid tat.

Benno fuhr zurück zur „Hubertus-Klause", Iris war schon am Packen. Sie müsste zurück nach Ginsberg, Dr. Eisenhuth, ihren Chef, könnte sie nun nicht länger allein in der Kanzlei lassen, sonst sei das Schlimmste zu befürchten. Benno würde ja auch in ein, zwei Tagen nachkommen.
Beim Mittagessen im Restaurant berichtete Benno von seinen vormittäglichen Erlebnissen, er schien vor Stolz zu platzen, als er erzählte, dass er Ronald Hargens' Gitarre gefunden hätte. Ach ja, er müsste ja gleich noch zu Dankwart Siebelt, und Sinowsky könnte er es ja auch ruhig erzählen, er hatte ihm ja sowieso versprochen, sich bei ihm zu melden, und dann müsste er heute Nachmittag noch einmal zur Kripo, und dann ...
Iris lächelte. So war Benno immer. Wenn der Abschiedsschmerz ihn übermannte, redete er wie ein Wasserfall.

„Ach, mein Benno, nimm's nicht so schwer! In ein paar Tagen siehst du mich doch schon wieder! – Bussi!"

„Bussi!"

43. Kapitel

Eigentlich wollte er noch heute Abend zurück nach Hause fahren, aber Benno besann sich, das war wohl doch kein so guter Gedanke, was würde Iris davon halten, wenn er um Mitternacht oder sogar noch später ins Haus geschlichen käme? Lieber noch einmal ausschlafen und dann morgen nach dem Frühstück ...

Benno packte die Sachen, die er bereits in seine Reisetasche gelegt hatte, wieder aus. Nein, es wäre ganz unvernünftig gewesen. Er schaute auf seine Armbanduhr. Halb sieben. Da könnte er sich noch ein bisschen entspannen und dann später etwas essen gehen.

Benno setzte sich in den Sessel und betrachtete die beziehungsreichen Gemälde des „Fuchs-Zimmers" in seinem Hotel. Hier gefiel es ihm schon eine Klasse besser als im „Leine-Hotel", nur Iris fehlte ihm natürlich.

Vor seinem geistigen Auge erschienen die Ereignisse der beiden letzten Tage.

Mit dem Fund der gestohlenen Gitarre war das Gröbste für ihn eigentlich erledigt gewesen, und es wurde ihm jetzt erst richtig bewusst, dass er so ganz nebenbei einen wesentlichen Anteil zur Klärung eines Mordfalles beigetragen hatte.

Dankwart Siebelt war natürlich äußerst erfreut über die wiedergefundene Gitarre, sein Auftraggeber, die *Hannoversche Feuer- und Sach*, würde die schnelle Aufklärung des Falles sicher in guter Erinnerung behalten und seine Detektei auch in Zukunft in ähnlichen Fällen in Anspruch nehmen wollen.

Für Benno hatte es noch etwas Büroarbeit gegeben: Die Spesenabrechnung mit zwei Kopien, die ihm einiges Kopfzerbrechen bereitete. Die Spesenkosten waren leider derart hoch ausgefallen, dass sie den üblichen Rahmen zu sprengen drohten. Doch Dankwart hatte in Siegerlaune kalauernd erklärt, dass die Versicherung die Kröte(n) schon schlucken würde.

Er war dann noch einige Male bei der Kripo gewesen und hatte den Fortgang im Mordfall Ronald Hargens verfolgt und auch mit eigenem Zutun begleitet. Es war ermittelt worden, dass Judith Hargens und ihr Lover Edgar Müller noch am Tag des Mordes, also am Samstag, vom Flughafen Hannover aus nach Mallorca entschwebt waren. Pauschalreise, 14 Tage Übernachtung mit Frühstück im Fünf-Sterne-Palais. Damit wollten sie wohl die fünf Millionen D-Mark von der Lebensversicherung im Voraus befeiern. Doch Benno war eingefallen, dass der Kollege *Kuhn* aus der Detektei K & S, *Rüdiger Kuhn*, doch zurzeit auch im Urlaub auf Mallorca war. Benno hatte ihn auf seinem Handy an irgendeiner Strandbar erreichen können, und sie hatten vereinbart, dass er der spanischen Polizei bei der Festnahme des Pärchens Hargens & Müller hilfreich zur Seite stehen konnte. Er hatte sozusagen die Aufgabe eines Vorstehhundes übertragen bekommen, was auch gut funktionierte, wie Benno dann von Enno (ja, man duzte sich jetzt) erfahren hatte.

Das mörderische Pärchen befand sich bereits auf dem Heimflug nach Hannover, allerdings nicht an Bord einer Frachtmaschine, wie Benno vorgeschlagen hatte. Enno würde die Aufgabe haben, die Herrschaften am Flughafen gebührend in Empfang zu nehmen. Sie würden dann wohl erstmal einige Zeit im Knast verschwinden, bis der Prozess begann, auf den sich bestimmte populäre Zeitungen schon im Voraus sehr freuten.

Dann hatte Benno sich zwischendurch wieder bei Sinowsky blicken lassen, diesmal mit Weintrauben und dem neuesten *Playboy*, was dieser gerührt zur Kenntnis genommen hatte. Ursprünglich war es ja Sinowskys Fall gewesen, und Benno hatte bei seinem Besuch doch ein etwas schlechtes Gewissen verspürt. Er hatte das Gefühl, eine Misserfolgsmeldung wäre Sinowsky doch noch etwas lieber gewesen.

Er befand sich augenscheinlich auf dem nicht ganz steilen, aber steten Weg der Besserung und hatte sich eine weitere Krankenschwester, „für tagsüber", wie er formulierte, angelacht. Benno wünschte ihm, dass diese Liebschaft nicht wieder auffliegen würde.

Es war schon halb acht. Benno nahm seine Jacke und ging herunter ins Restaurant. Er beschloss, sich mit einem exquisiten Menü und einer schönen Flasche Wein zu belohnen.

„Wie ich höre, haben Sie den Fall gelöst?"

Ben Snoop war während des Desserts, es gab Vanilleeis mit heißer Pflaumensoße, plötzlich aus dem Nichts aufgetaucht. Benno blickte sich erschrocken um, er wollte verhindern, dass irgendjemand ihn dabei beobachtete, wie er mit sich selbst redete. Doch niemand war in der Nähe, und der Kellner war in der Küche verschwunden.

„Den Fall gelöst? Ja, in der Tat. Und das geschah nicht ganz ohne Ihre Mithilfe, Ben!"

„Und was ist mit der Beerdigung von Ronald Hargens? Ist doch morgen, nicht wahr? Wollen Sie da nicht hin?"

Damit hatte Ben einen wunden Punkt getroffen. Irgendwie hatte Benno das Gefühl, als wäre er Ronald Hargens noch etwas schuldig. Und auch Jeff. Die Sache war innerlich noch nicht ganz abgearbeitet.

„Wissen Sie, Ben, dieser Presserummel, die ganzen Leute mit den Kameras, das ist nichts für einen von uns. Wir halten uns lieber unauffällig im Hintergrund."

Ben dachte nach, er schien mit Bennos Antwort nicht völlig zufrieden zu sein.

Schließlich sagte er aber:

„Okay, Benno, ich kann Sie schon verstehen. Aber vergessen Sie's nicht einfach. *Das ist ein Mann sich schuldig.*"

Donnerwetter, der Kollege aus L.A. hatte ja wieder markige Sprüche drauf. Klang ja beinahe wie Humphrey Bogart.

Benno erhob sein Glas:

„Auf Ronald Hargens, auf Jeff Hargens, auf Jimi Hendrix!"

Er nahm einen tiefen Zug.

Als er wieder aufblickte, war Ben verschwunden.

44. Kapitel

„Und nun, meine Damen und Herren, als besondere musikalische Überraschung die ... *Mystic Girls* !“

Der Bandleader des Polizeiorchesters Hannover überschlug sich beinahe mit seiner Ankündigung. Die Bühne wurde dunkel, und im nächsten Moment erschienen Emma, Anna und Iris im Licht des Scheinwerfers. Sie trugen zauberhafte dunkelrote Abendkleider mit gewagtem Ausschnitt und funkelnden Pailletten. Es erklang das Intro des ersten Liedes vom Mann am Flügel, dann setzten Bass und Schlagzeug sehr sanft ein: *I heard he sang a good song, I heard he had a style, and so I came to see him and listen for a while* ...

Die Damen gaben *Killing me softly* zum Besten, das war Enno Ottsens spezieller Wunsch für den Sommernachtsball der Polizeigewerkschaft in der 60-er-Jahre-Halle in Hannover gewesen. Dafür war er auch bereit gewesen, die Schwestern Jenssen sowie Iris Ehlers aus der Sache Hargens herauszuhalten.

Emma, Anna und Iris hatten an einem Wochenende in Bremen fleißig geprobt, die Musiklehrerin Maria Magdalena Knopf von Annas Schule hatte sich dazu bereit erklärt, einige Lieder mit ihnen einzustudieren.

Enno Ottsen wischte sich verstohlen eine Träne aus dem rechten Auge und hoffte insgeheim, dass seine Frau es nicht mitbekommen hatte. Fabelhaft, diese Mädels! Und wie sie aussahen! Diese zauberhaften Zwillinge und dann diese blonde Schönheit in der Mitte!

Auch Benno war überrascht. Er hatte Iris und besonders seinen Schwestern ja schon einiges zugetraut, aber dass sie hier auf der Bühne bestehen könnten, mit einem richtigen Orchester, das war schon was, das war schon was anderes als mitternächtlicher Amateurgesang in der Karaoke-Bar auf Lesbos.

Nach *Killing me softly* folgten nach *Respect* und *It's raining men*, aber die Damen wurden nicht ohne Zugabe von der Bühne gelassen, ohne die Zugabe, die sie ohnehin eingeplant hatten: *Mein Papa ist bei der Polizei*, offensichtlich ein eigenes Werk von Emma oder Anna, mit dem schönen Refrain *Po – Po – Polizei!* , der den Saal fast zum Überkochen brachte.

Anschließend begaben sich die Damen von der Bühne herunter ins allgemeine Tanzgetümmel. Das Polizeiorchester gab sein Bestes, die Hits der vergangenen siebzig Jahre in immer neuen Variationen zu Gehör zu bringen.

Auch Benno beteiligte sich eifrig an der Tanzerei, er trug zu Iris' Überraschung und Vergnügen einen Smoking, den er sich in einem Ginsberger Kostümverleih besorgt hatte.

„Dolle Stimmung, was?", rief Enno Ottsen Benno im Vorbeitanzen zu.

Dolle Stimmung, in der Tat.

Es war Ennos Idee gewesen, alle Beteiligten am Fall Hargens doch einmal in dieser eher lockeren Atmosphäre zusammenzubringen, und so kam es, dass außer den Jenssens plus Ehlers auch die Herren Siebelt, Kuhn und Sinowsky von der Detektei K & S den Tanzboden bevölkerten, mit ihren jeweiligen Gattinnen, was man im Fall von Sinowsky natürlich nur mit einer gewissen Einschränkung sagen konnte, da er seine endgültige Partnerwahl bisher noch nicht getroffen hatte. Der Zufall hatte es aber gewollt, dass Nachtschwester Gundula heute Abend dienstfrei hatte und daher von ihm als Begleitung auserkoren worden war.

Sinowskys Tanzfähigkeit war durch seinen Gehgips noch etwas eingeschränkt, aber das tat seiner überschwänglichen Laune keinen Abbruch.

Werner Werner war mit seiner Doppelhaushälften-Schwester gekommen, schaute sich aber mit auffällig suchendem Blick in der übrigen anwesenden Damenwelt um.

Selbst Hauptwachtmeister Roderich Feldt nebst Gattin und Tochter aus Mardorf hatte es hierhin verschlagen, es gab ja was zu feiern, denn er war befördert worden, was er letztlich einer Belobigung seitens Enno Ottsens zu verdanken hatte.

Man hatte kurz erwogen, auch Jeff Hargens einzuladen, aber schließlich war man doch zu der Meinung gekommen, dass das doch etwas unpassend gewesen wäre.

Man genoss die Musik, das Tanzen, die hervorragend gekühlten Getränke und das reichhaltige kalte Büffet.

Es wurde noch eine sehr lange Nacht, und — obwohl er schon etwas beschwipst war — bekam Benno doch noch mit, dass Emma schon zum zweiten Mal mit Werner Werners Schwester tanzte.

Was, *die etwa auch* ?

Gab es denn gar keine normalen Frauen mehr?

Ein Blick zur Seite, ein sehr liebevoller Blick auf Iris, der in einen filmreifen Kuss mündete, belehrte ihn eines Besseren.

45. Kapitel

Benno saß an einem schönen Sommerabend Anfang August in seinem Haus in Ginsberg, Hermannstraße 17, vor der alten Schreibmaschine, die er, zusammen mit dem Haus, im letzten Jahr von Tante Martha geerbt hatte. Es war eine *Monica*, Baujahr irgendwo zwischen 1950 und 1970.

Er hatte einen frischen Bogen Schreibmaschinenpapier eingespannt. Ohne Wasserzeichen.

Sein Computer war leider total abgestürzt. Irgendwann musste er sich wohl einen neuen leisten müssen.

Benno sammelte seine Gedanken.

Wie immer, wenn viel passiert war oder wenn er ein Problem hatte, musste er seine Gedanken aufschreiben, um sie in eine gewisse Ordnung zu bringen.

Er begann zu tippen.

Nach einigem Schreibkram Prämie von der Versicherungsgesellschaft „Hannoversche Feuer- und Sach" erhalten. Immerhin 5000 Euro, hatte aber ehrlich geschrieben doch etwas mehr erwartet.

Er überlegte einen Moment und zündete sich die Freitagspfeife an.

Die Mädels haben ein Angebot von der „Last Exit Productions" für ein paar Probeaufnahmen bekommen. Das fehlte noch, Iris und meine Schwestern als Popstars! Aber warum eigentlich nicht?

Immerhin hatten die *Mystic Girls* doch wirklich einen schönen Erfolg beim Polizeifest gehabt.

Aber was war sonst eigentlich so passiert?

Die Staatsanwaltschaft Hannover hat Mordanklage erhoben gegen Judith Hargens und Edgar Müller. Der Hund ist eingeschläfert worden. Sollte man vielleicht auch mit Judith & Edgar machen.

Nein, das war doch wirklich ein hässlicher Gedanke. Hätte Benno dies am Computer geschrieben, hätte er den Satz gleich wieder gelöscht. Aber er könnte nachher natürlich auch einfach diese Seite zum Grillanzünden benutzen.

Ich konnte Iris dazu überreden, zwei Wochen mit mir nach Schweden zu fahren. Warum eigentlich Schweden? Naja, es ist so schön weit weg, und die Nächte sollen da ja so traumhaft sein. Nächste Woche soll es losgehen.
In Ginsberg ist im Moment nicht allzu viel los. Große Sommerpause.
Aber:
Sobald ich hier mal einen dicken Fisch an der Leine habe, werde ich die gesamte Detektei K & S aus Hannover hierher beordern, plus Unterstützung von Emma & Anna!

„Kaffee, Benno? Was hockst du denn hier im Haus? Draußen ist es doch viel schöner!", rief Iris durch die halbgeöffnete Tür.
Kaffee. Guter Gedanke.
Mit dem Duft von köstlicher Ginsberger Spezialröstung in der Nase zog Benno das Blatt aus der Schreibmaschine, zerknüllte es und warf es in den Papierkorb.

„Ja, Schatz, ich komme gleich!"